Jean Teulé est l'auteur de treize romans, parmi lesquels, *Je, François Villon* a reçu le prix du récit biographique ; *Le Magasin des Suicides* a été traduit en dix-neuf langues. Son adaptation en film d'animation par Patrice Leconte sortira sur les écrans en 2012. *Darling* a été adapté au cinéma par Christine Carrière, avec, dans les rôles principaux, Marina Foïs et Guillaume Canet ; son roman *Les lois de la gravité* a été adapté au théâtre par la Compagnie du Brasier et est en cours d'adaptation cinématographique par Jean-Paul Lilienfeld sous le titre *Arrêtez-moi !*, avec Miou-Miou et Sophie Marceau. *Le Montespan* (250 000 exemplaires), prix Maison de la Presse et Grand prix Palatine du roman historique, a été élu parmi les vingt meilleurs livres de l'année 2008 par le magazine *Le Point*. Son dernier roman, *Charly 9* (2011) est également un succès. La totalité de son œuvre romanesque est publiée aux éditions Julliard.

LE MAGASIN DES SUICIDES

JEAN TEULÉ

LE MAGASIN
DES SUICIDES

JULLIARD

© Éditions Julliard, Paris, 2007.
ISBN 978-2-266-17927-0

1.

C'est un petit magasin où n'entre jamais un rayon rose et gai. Son unique fenêtre, à gauche de la porte d'entrée, est masquée par des cônes en papier, des boîtes en carton empilées. Une ardoise pend à la crémone.

Accrochés au plafond, des tubes au néon éclairent une dame âgée qui s'approche d'un bébé dans un landau gris :

— Oh, il sourit !

Une autre femme plus jeune – la commerçante –, assise près de la fenêtre et face à la caisse enregistreuse où elle fait ses comptes, s'insurge :

— Comment ça, mon fils sourit ? Mais non, il ne sourit pas. Ce doit être un pli de bouche. Pourquoi il sourirait ?

Puis elle reprend ses calculs pendant que la cliente âgée contourne la voiture d'enfant à la capote relevée. Sa canne lui donne l'allure et le pas maladroits. De ses yeux mortels – obscurs et plaintifs – à travers le voile de sa cataracte, elle insiste :

— On dirait pourtant qu'il sourit.

— Ça m'étonnerait, personne n'a jamais souri dans la famille Tuvache ! revendique la mère du nouveau-né en se penchant par-dessus le comptoir pour vérifier.

Elle relève la tête, tend son cou d'oiseau et appelle :

— Mishima ! Viens voir !

Une trappe au sol s'ouvre comme une bouche et apparaît, telle une langue, un crâne dégarni :

— Quoi ? Que se passe-t-il ?

Mishima Tuvache sort de la cave avec, entre les bras, un sac de ciment qu'il dépose sur le carrelage tandis que sa femme lui raconte :

— La cliente prétend qu'Alan sourit.

— Qu'est-ce que tu dis, Lucrèce ?...

Époussetant un peu de poudre de ciment sur ses manches, il s'approche à son tour du nourrisson qu'il contemple longuement d'un air dubitatif avant de diagnostiquer :

— Il a sûrement la colique. Ça leur dessine des plis de lèvres comme ça..., explique-t-il en remuant ses mains à l'horizontale, l'une par-dessus l'autre devant son visage. On peut parfois confondre avec des sourires mais ça n'en est pas. Ce sont des grimaces.

Puis il glisse ses doigts sous la capote du landau et prend l'aïeule à témoin :

— Regardez. Si je pousse les commissures de ses lèvres vers le menton, il ne sourit pas. Il fait la gueule comme son frère et sa sœur dès qu'ils sont nés.

La cliente demande :

— Relâchez.

Le commerçant s'exécute. La cliente s'exclame :

— Ah ! vous voyez bien qu'il sourit.

Mishima Tuvache se redresse, bombe le torse et s'agace :

— Qu'est-ce que vous vouliez, vous ?!

— Une corde pour me pendre.

— C'est haut de plafond, là où vous habitez ? Vous ne savez pas ? Tenez, prenez ça : deux mètres devraient suffire, continue-t-il en sortant d'un rayonnage un lien de chanvre. Le nœud coulant est déjà fait ! Vous n'aurez plus qu'à glisser votre tête dedans...

Tout en payant, la dame se tourne vers le landau :

— Ça met du baume au cœur de voir un enfant qui sourit.

— Oui, oui, c'est ça ! râle Mishima. Allez, rentrez chez vous. Vous avez mieux à faire, maintenant, là-bas.

La dame âgée et désespérée s'en va, la corde enroulée autour d'une épaule sous un ciel chagrin. Le commerçant se retourne dans le magasin :

— Hou, bon débarras ! Fait chier, celle-là. Il ne sourit pas.

La mère est restée près de la caisse suspendue de la voiture d'enfant qui remue toute seule. Le grincement des ressorts se mêle à des gazouillis et des éclats de rire émanant de l'intérieur du landau. Plantés de chaque côté, les parents se regardent catastrophés :

— Merde...

2.

— Alan !... Combien de fois faudra-t-il te le répéter ? On ne dit pas « au revoir » aux clients qui sortent de chez nous. On leur dit « adieu » puisqu'ils ne reviendront jamais. Est-ce que tu vas finir par comprendre ça ?

Lucrèce Tuvache, très fâchée dans le magasin, cache entre ses mains crispées dans le dos une feuille de papier qui tremble au rythme de sa colère. Penchée sur son petit dernier, debout en short devant elle et qui la regarde de sa bouille réjouie, elle le sermonne, lui fait la leçon :

— Et puis cesse de chantonner (elle l'imite) : « Bon-zou-our !... » quand des gens arrivent. Il faut dire d'un air lugubre : « Mauvais jour, madame... » ou : « Je vous souhaite le grand soir, monsieur. » Et surtout, ne souris plus ! Tu veux faire fuir la clientèle ?... Qu'est-ce que c'est que cette manie d'accueillir les gens en roulant des yeux ronds et en agitant les index dressés en l'air de chaque côté des oreilles ? Crois-tu que les clients viennent ici pour contempler ton sourire ? Ça devient insupportable, ce truc-là. On va te mettre un appareil ou te faire opérer !

Un <u>mètre</u> soixante et la quarantaine finissante, Mme Tuvache est furibarde. Cheveux châtains et plutôt courts balayés derrière les oreilles, la mèche oblique sur son front donne de l'élan à sa coiffure.

Quant aux boucles blondes d'Alan, elles s'envolent, comme sous l'effet d'un ventilateur, face aux cris de la mère qui sort de dans son dos la feuille de papier qu'elle dissimulait :

— Et puis c'est quoi, ce dessin que tu as rapporté de la maternelle ?...

D'une main, elle le tend devant elle et en fait la description, tapotant dessus l'index rageur de son autre main :

— Un chemin qui mène à une maison avec une porte et des fenêtres ouvertes devant un ciel bleu où brille un grand soleil !... Et alors, il n'y a pas de nuages ni de pollution dans ton paysage ? Où sont-ils les oiseaux migrateurs qui nous fientent les virus asiatiques sur la tête et où sont-elles les radiations, les explosions terroristes ? C'est totalement irréaliste. Viens plutôt admirer ce que Vincent et Marilyn dessinaient à ton âge !

Lucrèce file en robe le long d'une gondole où sont exposées des quantités de fioles luisantes et dorées. Elle passe devant son fils aîné, quinze ans et maigre, qui se ronge les ongles et se mord les lèvres sous un crâne entièrement bandé. Près de lui, Marilyn (douze ans et un peu grasse), affalée sur un tabouret, écrase son atonie – d'un bâillement, elle avalerait le monde

– tandis que Mishima descend le rideau de fer et commence à éteindre quelques tubes au néon. La mère ouvre un tiroir sous la caisse enregistreuse et sort, d'un carnet de commandes, deux feuilles de papier qu'elle déplie :

— Regarde ce dessin de Marilyn comme il est sombre et celui-là, de Vincent : des barreaux devant un mur de briques ! Là, je dis oui. Voilà un garçon qui a compris quelque chose à l'existence !... Ce pauvre anorexique qui souffre de tant de migraines qu'il croit que son crâne va éclater sans le bandage... Mais lui, c'est l'artiste de la famille, notre Van Gogh !

Et la mère, de le citer en exemple :

— Le suicide, il a ça dans le sang. Un vrai Tuvache tandis que toi, Alan...

Vincent, le pouce dans sa bouche, vient se blottir contre sa génitrice :

— Je voudrais retourner dans ton ventre, maman...

— Je sais..., répond celle-ci en lui caressant les bandes Velpeau et continuant de détailler le dessin du petit Alan : Qui est cette pépette à longues jambes que tu as dessinée, s'affairant près de la maison ?

— C'est Marilyn, répond l'enfant de six ans.

À ces mots, la fille Tuvache aux épaules rentrées lève mollement sa tête dont les cheveux dissimulent presque entièrement le visage et son nez rougi tandis que la mère s'étonne :

— Pourquoi tu l'as faite occupée et jolie ? Tu sais

bien qu'elle dit toujours qu'elle est inutile et moche ?

— Moi, je la trouve belle.

Marilyn se plaque les paumes aux oreilles, bondit du tabouret et court vers le fond du magasin en criant et grimpant l'escalier qui mène à l'appartement.

— Et voilà, il fait pleurer sa sœur !... hurle la mère tandis que le père éteint les derniers tubes au néon de la boutique.

3.

— Après s'être ainsi lamentée de la mort d'Antoine, la reine d'Égypte se couronna de fleurs puis elle se fit préparer un bain...

Assise sur le lit de Marilyn, la mère raconte à sa fille l'histoire du suicide de Cléopâtre pour l'endormir :

— Une fois baignée, la reine se mit à table et prit un repas somptueux. Un homme arriva alors de la campagne en portant un panier pour Cléopâtre. Comme les gardes lui demandaient ce qu'il contenait, il l'ouvrit, écarta les feuilles et leur montra qu'il était plein de figues. Les gardes admirant la beauté et la grosseur des fruits, l'homme sourit et les invita à en prendre. Ainsi mis en confiance, ils le laissèrent entrer avec ce qu'il portait.

Marilyn, couchée sur le dos et les yeux rouges, regarde le plafond en écoutant la belle voix de sa mère qui continue :

— Après son déjeuner, Cléopâtre prit une tablette qu'elle avait écrite, cachetée, et la fit envoyer à

Octave puis, ayant fait sortir tout le monde à l'exception d'une servante, elle ferma la porte.

Marilyn baisse ses paupières et respire plus calmement...

— Quand Octave eut décacheté la tablette et lu les prières et les supplications de Cléopâtre lui demandant de l'ensevelir avec Antoine, il comprit aussitôt ce qu'elle avait fait. Il songea à aller lui-même à son secours puis il envoya en toute hâte des gens pour savoir ce qui s'était passé... Le drame avait été rapide car, lorsqu'ils arrivèrent en courant, ceux-ci surprirent les gardes qui ne s'étaient aperçus de rien et, ouvrant la porte, ils trouvèrent Cléopâtre morte, couchée sur un lit d'or et vêtue de ses habits royaux. Sa servante, appelée Iras, arrangeait le diadème autour de la tête de la reine. Un des hommes lui dit avec colère : « Ah, voilà qui est beau, Iras ! – Très beau, fit-elle, et digne de la descendante de tant de rois. » L'aspic apporté avec les figues avait été caché sous les fruits, car Cléopâtre l'avait ainsi ordonné, afin que l'animal l'attaquât sans même qu'elle le sût. Mais en enlevant des figues, elle le vit et dit : « Le voilà donc », puis elle dénuda son bras et l'offrit à la morsure.

Marilyn ouvre les yeux, comme hypnotisée. Sa mère lui caresse les cheveux en concluant son récit :

— On découvrit, sur le bras de Cléopâtre, deux piqûres légères et peu distinctes. Octave, tout désespéré qu'il était de la mort de cette femme, admira sa grandeur d'âme et la fit ensevelir avec une magnificence royale auprès d'Antoine.

— Moi, z'aurais été là, du serpent, z'en aurais fait des zolis souliers pour que Marilyn puisse aller danser à la discothèque Kurt Cobain ! dit Alan, debout dans l'entrebâillement de la porte de la chambre de sa sœur.

Lucrèce se retourne brutalement et fronce des sourcils vers son cadet :

— Toi, au lit ! On ne t'a rien demandé.

Puis en se levant, elle promet à sa fille :

— Demain soir je te raconterai comment, du haut d'une falaise, Sapho s'est jetée dans la mer pour les beaux yeux d'un jeune pâtre...

— Maman, renifle Marilyn, quand je serai grande, est-ce que je pourrai aller danser avec des garçons à la disco...

— Mais bien sûr que non, n'écoute pas ton petit frère. Il dit des bêtises. Comment peux-tu imaginer que des hommes souhaiteraient danser avec une godiche telle que tu te vois ? Allez, fais des cauchemars, ce sera plus intelligent.

Lucrèce Tuvache, au beau visage grave, rejoint son mari dans leur chambre quand retentit en bas la sonnette des urgences.

— Ah oui, c'est vrai, la nuit, on est de garde..., soupire Mishima. J'y vais.

Il descend l'escalier dans le noir en grognant :

— Raah, on n'y voit rien. C'est un coup à se casser la gueule !...

En haut des marches, la voix d'Alan propose :

— Mais papa, plutôt que de maudire l'obscurité, appuie sur l'interrupteur.

— Oh toi, monsieur je-sais-tout, avec tes conseils !...

Mais le père écoute quand même son fils et, sous l'ampoule électrique et grésillante de l'escalier, il rejoint le magasin dont il allume une rangée de tubes au néon.

Quand il remonte, sa femme, adossée contre un oreiller et un magazine entre les mains, lui demande :

— C'était qui ?

— Connais pas, un désespéré de passage avec un revolver vide. J'ai trouvé ce qu'il lui fallait dans les boîtes de munitions devant la fenêtre pour qu'il se tire une balle dans la tête. Qu'est-ce que tu lis ?

— Les statistiques de l'an dernier : un suicide toutes les quarante minutes, cent cinquante mille tentatives, douze mille morts. C'est énorme...

— Oui, c'est énorme, le nombre de gens qui se loupent. Heureusement qu'on est là... Éteins ta lumière, ma chérie.

— Éteins ta lumière, mon amour.

De l'autre côté d'une cloison, la voix d'Alan résonne :

— Fais de beaux rêves, maman. Fais de beaux rêves, papa.

Les parents soupirent.

4.

— Le Magasin des Suicides, j'écoute !

Mme Tuvache, en chemisier rouge sang, décroche le téléphone et demande de patienter : « Ne quittez pas, monsieur », tout en rendant sa monnaie à une cliente aux traits décomposés par l'angoisse. Celle-ci s'en va, portant un sac d'emballage biodégradable sur lequel on peut lire d'un côté : *Le Magasin des Suicides* et de l'autre : *Vous avez raté votre vie ? Avec nous, vous réussirez votre mort !* Lucrèce salue la cliente : « Adieu, madame » puis reprend le combiné :

— Allô ? Ah, c'est vous, monsieur Tchang ! Bien sûr que je me souviens de vous : la corde, ce matin, c'est ça ?... Vous ?... Vous vouliez nous ?... Je n'entends pas (le client doit appeler d'un portable). Nous inviter à votre enterrement ? Oh, c'est gentil ! Mais vous allez faire ça quand ? Ah, vous avez déjà la corde au cou ? Alors, aujourd'hui mardi, demain mercredi... donc la cérémonie aura lieu jeudi. Ne quittez pas, je demande à mon mari...

Elle appelle au fond du magasin, près du rayon frais :

— Mishima ! J'ai M. Tchang au bout du fil. Tu sais, le concierge de la cité des Religions Oubliées... Mais si, celui de la tour Mahomet. Il voudrait nous inviter à son enterrement jeudi. Ce n'est pas le jour où le nouveau représentant des établissements *M'en Fous La Mort* doit venir ? Ah, c'est le jeudi suivant. Donc, c'est bon.

Elle reparle dans l'appareil :

— Allô ? Monsieur Tchang ?... Allô !... (puis raccroche en constatant :) les cordes, c'est basique mais efficace. Faudra penser à recommander du chanvre. Avec les fêtes qui approchent... Tiens, Marilyn, viens voir.

Marilyn Tuvache a maintenant dix-sept ans. Indolente et avachie, de lourdes mamelles qui pendent, elle a honte de son corps qui l'encombre. Un tee-shirt la boudine, illustré d'un rectangle blanc bordé de noir à l'intérieur duquel on lit : « VIVRE TUE ».

Plumeau à la main, elle déplace sans conviction de la poussière au bord d'une étagère où sont exposées des lames de rasoir pour se trancher les veines. Certaines sont rouillées. Auprès de celles-ci, une étiquette indique : *Même si vous ne coupez pas assez profond, vous aurez le tétanos*. La mère demande à sa fille :

— Va acheter chez le fleuriste *Tristan et Iseut* une couronne mortuaire, une petite, hein ! Sur la bande, fais écrire : *À notre client, M. Tchang, de la part du Magasin des Suicides*. Il aura sans doute aussi invité pas mal de locataires de la tour Mahomet qui diront : « Il ne s'est pas loupé, notre concierge. » Ça nous fera un peu de publicité. Allez !... Toi qui dis continuellement : « Qu'est-ce que je pourrais faire, maman ? » Tu la porteras ensuite au nouveau gardien du cimetière.

— Oh... Toujours pour moi le travail de boniche parce que je ne sers à rien ici ! Pourquoi ils n'y vont pas, eux, les garçons ?

— Vincent invente dans sa chambre et Alan, dehors, s'enivre du soleil d'automne. Il joue avec le vent, cause avec les nuages. À onze ans... Je crois que ça ne va vraiment pas bien, lui. Vas-y, toi.

Marilyn Tuvache reluque l'homme à qui parle son père au fond du magasin :

— Pourquoi les beaux clients ne me regardent pas ? J'aimerais bien les intéresser...

— Mais qu'elle est sotte, celle-là ! Tu crois qu'ils viennent ici pour la bagatelle ? File donc.

— Pourquoi on ne peut pas se tuer, nous, maman ?...

— Je te l'ai dit cent fois : parce que c'est impossible. Qui tiendrait ensuite le magasin ? On a une mission, ici, les Tuvache ! Enfin, quand je dis nous, j'exclus Alan bien sûr. Allez, va-t'en.

— Bon... Heu... Ouais...

— Pauvre grande...

La mère sort de derrière le comptoir, attendrie par sa fille amorphe quittant la boutique :

— À son âge, j'étais pareille : molle et râleuse, je me sentais bête jusqu'au jour où j'ai rencontré Mishima.

Elle passe un doigt sur une étagère, y recueille un peu de poussière.

— Et quand je faisais le ménage, si les coins en voulaient, fallait qu'ils s'approchent...

Elle prend le plumeau, recommence le travail de sa fille en déplaçant soigneusement les lames de rasoir.

Au pied de l'escalier qui mène à l'appartement, à côté du rayon frais, Mishima, en gilet, fait l'article à un homme musclé plus grand que lui :

— Vous me demandez quelque chose d'original et viril, moi je vous réponds : le *seppuku* que les vulgaires appellent *hara-kiri* – terme argotique. Bon, ça, évidemment, je ne le conseille pas à tout le monde car c'est un truc de sportif ! Mais, costaud comme vous êtes, vous devez être sportif, non ? Quel est votre... Pardonnez-moi, si vous êtes là, je devrais dire : « Quel était votre métier ? »

— Prof de gym au lycée Montherlant.

— Tiens, qu'est-ce que je disais !

— Je ne supporte plus mes collègues ni les élèves...

— Ça, les enfants, parfois c'est difficile, reconnaît Mishima. Nous, je vois, avec le dernier...

— J'avais pensé à l'essence ou au napalm...

— Ah, une belle immolation sous un préau d'école, ce n'est pas mal non plus, apprécie le commerçant. On a tout ce qu'il faut pour cela mais, franchement, le seppuku... Enfin, je ne pousse pas à la dépense, c'est vous qui voyez.

Le professeur d'éducation physique et sportive balance entre les deux propositions :

— Immolation, hara-kiri...

— Seppuku, rectifie M. Tuvache.

— Ça nécessite beaucoup de matériel ?

— Un kimono de samouraï à votre taille. Il doit me rester un XXL et puis bien sûr, le *tanto*. On s'en fait toute une histoire mais, regardez, c'est finalement un sabre plutôt court, minimise M. Tuvache en décrochant du mur une arme blanche (quand même assez longue) qu'il dépose entre les mains du client. Je les aiguise moi-même. Touchez ce fil du tranchant. Ça vous pénètre comme dans du beurre.

Le prof de gym contemple les brillances de la lame en faisant la moue tandis que Mishima sort d'un carton une veste de kimono qu'il étale devant lui :

— Mon fils aîné a eu l'idée de coudre dessus une croix de soie rouge pour indiquer où planter le sabre parce que, des fois, les gens visent trop haut, dans le sternum, et ça n'entre pas, ou alors trop bas dans le ventre. Et là, à part vous crever l'appendice vermiforme, ça ne sert à rien.

— C'est cher ? se renseigne l'enseignant.

— Le tout, trois cents euros-yens.

— Ah, quand même ! Est-ce qu'on peut payer...

— À crédit ? demande le commerçant. Chez nous ? Vous plaisantez, pourquoi pas une carte de fidélité !

— C'est que c'est un investissement.

— Ah, bien sûr, c'est plus onéreux qu'un bidon de napalm mais, après tout, ce sera votre dernière dépense... Sans compter que c'est l'aristocratie du suicide, le seppuku. Et je ne dis pas ça seulement parce que mes parents m'ont prénommé Mishima.

Le client hésite.

— J'ai peur de ne pas avoir le courage..., avoue le prof dépressif en soupesant le tanto. Vous ne faites pas de service à domicile ?

— Oh non ! s'indigne M. Tuvache. On n'est pas des assassins, tout de même. Vous rendez-vous compte, c'est interdit. Nous, on fournit ce qu'il faut mais les gens se débrouillent. C'est leur histoire. On est là juste pour rendre service en vendant des produits de qualité, poursuit le commerçant qui conduit le client vers la caisse.

Et, pliant soigneusement le kimono qu'il glisse avec le sabre dans un sac d'emballage, il se justifie :

— Trop de gens agissent en amateurs... Vous savez que sur cent cinquante mille personnes qui font la tentative, cent trente-huit mille se ratent. Ces personnes se retrouvent souvent handicapées sur des chaises roulantes, défigurées à vie, tandis qu'avec nous... Nos suicides sont garantis. Mort ou remboursé ! Allez, allez, vous ne regretterez pas cet achat, un athlète comme vous !... Vous respirez un bon coup et hop là ! Et puis, comme je dis toujours, on ne meurt qu'une fois, alors autant que ce soit un moment inoubliable.

Mishima encaisse l'argent du professeur d'éducation physique et sportive puis, lui rendant sa monnaie, il ajoute :

— Tenez, je vais vous confier un truc de métier...

Il lorgne autour de lui pour vérifier que personne ne l'écoute et explique :

— Quand vous ferez ça dans votre salle à manger, mettez-vous à genoux sur le sol et ainsi, même si la lame ne pénètre pas très profondément... parce que quand même ça doit piquer... si vous êtes à genoux, vous tomberez sur le ventre et ça enfoncera le sabre jusqu'à la garde. Et quand on vous retrouvera, ça épatera vos amis ! Vous n'avez pas d'amis ?... Eh bien, ça épatera le médecin légiste qui dira : « Il n'y est pas allé de main morte, lui ! »

— Merci, fait le client effondré aussi par l'acte à accomplir.

— Je vous en prie, c'est notre travail. À votre service.

5.

— Lucrèce ! Tu peux venir ?!

Mme Tuvache apparaît, ouvrant une porte sous l'escalier au fond du magasin. Un masque à gaz englobe son visage de la gorge au sommet du crâne. Les optiques circulaires de chaque côté de la tête et, devant la bouche, la volumineuse cartouche filtrante lui donnent un air de mouche en colère.

Vêtue d'une blouse blanche, elle ôte des gants élastiques de chirurgien en rejoignant son mari qui l'a appelée et maintenant lui explique devant une cliente :

— Madame voudrait quelque chose de féminin.

— Won-won-won, won-won-won !... bourdonne le visage de mouche de Mme Tuvache qui, s'apercevant qu'elle a gardé son appareil de protection, défait le harnais de tête et reprend, masque à gaz entre les mains : Ah, quelque chose de féminin, c'est le poison ! C'est ce qu'il y a de plus féminin. Justement, j'en préparais dans l'arrière-cuisine...

Elle déboutonne aussi sa blouse et pose l'attirail sur le comptoir près de la caisse :

— Un poison... Qu'est-ce que je pourrais vous proposer ? Vous préféreriez un poison de contact – vous le touchez, vous êtes morte –, à inhaler ou à ingérer ?

— Heu..., fait la dame qui ne s'attendait pas à cette question. Qu'est-ce qui est le mieux ?

— De contact, c'est rapide !... explique Lucrèce. Nous avons de l'acide d'anguille bleue, du poison de grenouille dorée, étoile du soir, fléau des elfes, gelée assommante, horreur grise, huile évanouissante, poison de poisson-chat... Tout n'est pas là. Certains produits sont au rayon frais, dit-elle devant une gondole où sont exposées des quantités de fioles.

— Et à inhaler, ça se présente comment ?

— C'est tout simple, vous dévissez le bouchon et respirez ce qu'il y a dans le flacon. Ça peut être de la dansefol, de l'haleine de pendu, du nuage jaune, de la toxine d'œil tueur, du souffle du désert...

— Ah, je ne sais pas quoi choisir. Je vous embête, s'excuse la dame.

— Mais pas du tout, comprend la commerçante. C'est bien normal d'hésiter. Sinon, à avaler, nous avons du miel du vertige qui rend la peau rouge parce qu'on transpire du sang.

La cliente fait la moue.

— En deux mots, c'est pour quelle raison ? lui demande Lucrèce.

— Je suis inconsolable du décès d'un proche auquel je pense tout le temps. Et donc, venir faire mes courses chez vous, je ne vois plus que cette solution pour l'oublier.

— Ah bon ? Alors je vous conseille la strychnine.
C'est de l'extrait de noix vomique. Sitôt avalée, cela
fait perdre la mémoire... Ainsi, vous n'aurez plus
de souffrance ni de regret... Ensuite la paralysie se
développe et la personne empoisonnée meurt étouffée sans rien se rappeler. C'est pile pour vous, ça.

— Noix vomique..., répète la dame en deuil en
frottant, des paumes, ses paupières fatiguées.

— Mais si vous préférez vous morfondre une
dernière fois, propose Lucrèce, vous pouvez aussi
confectionner votre poison. Beaucoup de femmes
apprécient l'idée de ruminer leur peine en se prépa-
rant la mort. Par exemple, la digitaline : vous broyez
dans un mortier des pétales de digitales qu'on a au
rayon frais. Vous savez, ce sont ces grappes de fleurs
en forme de doigts tombants qui ressemblent à des
mains molles de gens accablés. Lorsque vous obte-
nez une poudre fine, mélangez avec de l'eau et por-
tez à ébullition. Ensuite laissez refroidir – ça vous
donne du temps pour vous moucher et écrire une
lettre qui expliquera votre geste –, puis filtrez la
solution. Remettez sur le feu jusqu'à évaporation du
liquide. Vous obtiendrez ainsi un sel cristallin blanc
que vous avalerez. L'avantage, c'est que ce n'est pas
cher : 2,50 la botte ! On a aussi des branches de
strychnos pour extraire le curare, des baies de houx
noir pour la théobromine...

La cliente saoulée par ces énumérations ne sait
plus que penser :

— Vous prendriez quoi, vous ?

— Ah moi, je l'ignore, regrette Lucrèce.

Et elle fige ses beaux yeux graves comme si elle regardait très loin devant elle. Elle paraît ne plus être dans la boutique.

— Nous aussi on est déprimés et on aurait bien des raisons de se foutre en l'air, mais on ne peut pas goûter nos produits ou alors le dernier d'entre nous à déguster tirerait vite le rideau de fer. Et les clients, comment feraient-ils ?

Puis Mme Tuvache semble revenir sur terre :

— Ce que je sais, c'est que le cyanure dessèche la langue et provoque une impression désagréable. Alors moi, dans celui que je prépare, j'ajoute des feuilles de menthe pour rafraîchir la bouche... Ce sont là les petits plus de notre magasin. Autrement, on a aussi le cocktail du jour ! Qu'est-ce que j'ai composé, moi, ce matin ?

Elle se retourne vers l'ardoise, accrochée à la crémone de la fenêtre, sur laquelle est écrit à la craie : *Marchand de sable.*

— Ah mais oui, le *Marchand de sable* ! Comment n'y ai-je pas pensé plus tôt ? Je ne sais pas où j'ai la tête ces temps-ci. Vous, madame, qui hésitiez entre contact, inhalant ou ingérant, celui-ci est un mélange des trois : belladone, gelée assommante et souffle du désert. Ainsi, quelle que soit l'option que vous choisirez au dernier moment : avaler le cocktail, le toucher ou le respirer, le tour sera joué.

— Bon, ben, je vais prendre ça, se décide la cliente.

— Vous ne le regretterez pas. Ah ! je suis bête, j'allais vous dire : « Vous m'en direz des nouvelles. » C'est cet enfant qui me rend folle ! maugrée Lucrèce en tendant le menton vers Alan, debout, les pieds joints et mains sur la tête devant l'angle du rayonnage des cordes. Vous avez des enfants, madame ?

— Justement, j'en avais un... Il est venu un jour vous acheter une balle de 22 long rifle.

— Ah.

— Il voyait tout en noir. Je n'ai jamais su le rendre heureux...

— Eh bien, nous, on ne peut pas en dire autant de notre dernier..., se désole Mme Tuvache. Lui voit la vie en rose, vous vous rendez compte ? Comme s'il y avait de quoi ! On ne sait pas comment ça se fait. Et pourtant, je vous assure qu'on l'a élevé comme les deux autres qui sont dépressifs comme il se doit, alors que lui ne remarque toujours que le bon côté des choses, soupire Lucrèce en levant au-dessus d'elle une main tremblante d'indignation. On le force à regarder les infos à la télé pour tenter de le démoraliser mais si un avion transportant deux cent cinquante passagers s'écrase et qu'il y ait deux cent quarante-sept morts, lui ne retient que le nombre de rescapés ! (Elle l'imite :) « Oh, maman, t'as vu comme c'est zoli la vie ! Il y a trois personnes qui sont tombées du ciel et qui n'ont rien eu. » Avec mon mari, on n'en peut plus. Je vous assure qu'il y a des fois, nous, on en prendrait bien, du *Marchand de sable* si on n'avait pas à s'occuper de la boutique.

La cliente intriguée s'approche d'Alan :

— Il est au coin ?...

Celui-ci tourne sa tête bouclée et blonde vers elle. Un large sparadrap recouvre hermétiquement la bouche de l'enfant. Sur le pansement rose, un méchant rictus et une langue tirée – tracés au stylo-feutre avec les commissures poussées vers le bas – lui donnent l'air d'être de très mauvais poil.

Sa mère, emballant la fiole de *Marchand de sable*, explique à la dame :

— C'est son grand frère, Vincent, qui a dessiné la grimace. Moi, je n'étais pas tellement pour qu'il le représente tirant la langue mais c'est toujours mieux que de continuellement l'entendre s'esclaffer que la vie est merveilleuse...

La cliente scrute le pansement. À la forme du pli du sparadrap collé aux lèvres on voit bien que, sous la grimace dessinée, l'enfant sourit. Lucrèce tend le sac d'emballage à la dame :

— Il est puni. Quand, à l'école, on lui a demandé ce qu'étaient les suicidés, il a répondu : « Les habitants de la Suisse. »

6.

Le corps assis et décharné de Vincent flotte dans une djellaba grise illustrée de dessins d'explosifs : bâtons de dynamite et boules de bombes noires aux mèches crépitant des éclairs jaunes et verts. Il a vingt ans. Rien n'embellit les murs de sa chambre. En face d'un lit étroit, accoudé à une table encombrée et adossé contre une cloison, un tube de colle tremble dans sa main. L'aîné des Tuvache porte une courte barbe rousse hérissée et, sur les arcades prononcées, des sourcils broussailleux. Respiration vibrante et oppressée, son regard fixe et oblique dénonce le tragique reflet de son tumulte intérieur. Des bandes Velpeau lui compriment entièrement le crâne en proie aux céphalées violentes. Des croûtes brunes gonflent son épaisse lèvre inférieure à force de la mordre au sang tandis que sa lèvre supérieure est très rouge et délicate. Elle s'élève au milieu en deux pointes telle la toile écarlate d'un petit chapiteau de cirque. Devant lui, sur la table, une étrange maquette lugubre en construction tandis que, dans son dos, de l'autre côté de la cloison, on entend :

— *Dire-la, dire-la da-da !...*

D'un coup de poing, Vincent détruit toute sa maquette :

— Maman !!!

— Quoi encore ? interroge la mère depuis la cuisine.

— Alan met des chansons joyeuses !

— Oh, là, là, celui-là... Ah, que n'ai-je mis bas tout un nœud de vipères plutôt que de nourrir cette dérision ! gronde Lucrèce, venant dans le couloir et ouvrant la porte de la chambre de son cadet. Vas-tu finir, oui ?! Combien de fois t'a-t-on répété qu'on ne voulait plus que tu écoutes ces bêtises guillerettes ? Est-ce que les marches funèbres ont été composées pour les chiens ? Tu sais bien le désagrément que tu causes à ton grand frère en écoutant ces joyeusetés et comme ça lui donne mal au crâne, poursuit-elle en changeant de chambre pour pénétrer dans celle de Vincent, où elle constate les dégâts de la maquette explosée, tout en continuant de s'adresser à Alan. Ah, bravo, ça vaut dix ! Regarde cette catastrophe due à tes musiques. Tu peux être fier de toi !

Le père arrive à son tour : « Que se passe-t-il ? » tandis que Marilyn apparaît en traînant la patte. Ils sont maintenant tous les trois (Lucrèce, Marilyn et Mishima) autour de Vincent.

— Il se passe, vocifère la mère, que *ton* fils cadet a encore fait des siennes !

— Ce n'est pas *mon* fils, réplique le père. *Mon* fils, c'est Vincent. Lui, c'est un vrai Tuvache.

— Et moi, demande Marilyn, c'est où ma place ?

Mishima caresse le crâne bandé de son aîné :

— Alors, que s'est-il passé ? Tu as cassé ta maquette ?

— Une maquette de quoi ? questionne la fille Tuvache.

Vincent sanglote :

— La maquette d'un parc d'attractions sur le thème du suicide.

— De quoi ?

7.

— Ce serait... Ce serait comme une fête foraine pour les gens qui veulent en finir avec la vie. Au stand de tir, les clients paieraient mais pour être la cible.

Mishima, écoutant Vincent, s'assied sur le lit :

— Mon fils est un génie.

— Ce serait un parc d'attractions si fatal. Dans les allées des larmes ruisselleraient, douces le long des joues de la clientèle, parmi les odeurs de fumée des frites et des champignons vénéneux qu'on y vendrait.

« Amanites phalloïdes !... » crie Vincent dans la chambre et Lucrèce et Marilyn sont aussi dans l'ambiance, sentent l'odeur des frites...

— Des orgues limonaires moudraient des chansons tristes. Des manèges à éjection propulseraient les gens comme des lance-pierres au-dessus de la ville. Il y aurait une très haute palissade d'où les amoureux se jetteraient, ainsi que d'une falaise, en se tenant par la main.

Marilyn croise et frotte les siennes.

— Des rires sanglotés dans le fracas des roues d'un train fantôme fileraient à l'intérieur d'un faux château gothique plein de pièges cocasses et tous mortels : électrocution, noyade, des herses aiguisées s'abattraient dans les dos. Les amis ou parents venus accompagner un être accablé repartiraient avec une petite boîte contenant les cendres du désespéré car il y aurait au bout du manège un crématorium où tomberaient les corps l'un après l'autre.

— Il est formidable, dit le père.

— Papa en alimenterait la chaudière. Maman vendrait les tickets...

— Et moi, à quoi je servirais ? demande Marilyn. Où serait ma place ?

Vincent Tuvache pivote de trois quarts la tête vers sa sœur. La puissance saisissante de son regard et le rayonnement ravagé de ses traces d'angoisse en dessous du bandage du crâne !... À l'extérieur dans la nuit, par les vitres de la petite fenêtre de sa chambre sombre, une publicité au néon l'éblouit soudain d'une lumière jaune, intense et folle. Les ombres de son visage deviennent alors vert très pâle et sa courte barbe maintenant rose semble peinte par touches de brosse disposées en étoile. Surexposé dans la clarté artificielle, il est aussi auréolé par les vibrations d'une incroyable passion autodestructrice. Les trois autres autour de lui ressentent avec émotion ce cri déchirant. La lumière change et devient rouge. Vincent, qui baisse la tête, paraît pris sous le souffle d'une bombe :

— Ce serait comme quand je rêve et que je me

réveille, et que je me rendors et que je rêve encore toujours de la même féerie, du même décor...

— Ça fait longtemps que tu as ce projet en tête ? demande la mère.

— Dans les allées, des employées déguisées en vilaines sorcières proposeraient des pommes d'amour empoisonnées. « Tenez, mademoiselle. Mangez cette pomme empoisonnée... », puis elles iraient voir quelqu'un d'autre.

— Je pourrais faire ça, moi, suggère Marilyn. Je suis moche.

Le fils aîné expose tous ses projets : les cabines de la Grande Roue dont le plancher se déroberait à vingt-huit mètres de hauteur et le Grand Huit incomplet dont les rails ascendants, après une descente vertigineuse, s'arrêteraient brutalement en plein élan. Il exhibe la maquette qu'il a tout à l'heure démolie d'un coup de poing tandis que son petit frère, quittant sa chambre, passe devant la porte ouverte de celle de Vincent en fredonnant et claquant ses doigts en rythme :

— *Don't worry, be happy !...*

Sa mère épouvantée et pleine de blasphèmes se retourne et crispe ses poings vers lui. Les doigts à castagnettes d'Alan sont pour elle et son mari comme un abîme.

8.

— En fait, si vous voulez, monsieur le représentant, nous, on ne désirait pas un troisième enfant. Il est né parce qu'on a testé un préservatif percé : vous savez, ceux que l'on vend aux gens qui veulent mourir contaminés sexuellement.

Lucrèce hoche la tête de dépit par ce coup du sort :

— Vous avouerez, pour une fois qu'on essayait un de nos produits, ce n'est quand même pas de chance.

— Ah ça, les préservatifs de chez *M'en Fous La Mort* sont garantis poreux. Vous auriez dû nous faire confiance, répond le représentant.

— Quand même..., soupire la mère d'Alan qui surgit justement dans le magasin.

— Bon-zou-our maman ! Bonzour papa ! Bon-zou-our monsieur !... continue-t-il en venant spontanément embrasser poliment les deux joues du représentant. Vous avez vu, il pleut, c'est bien. Il en faut de l'eau, hein !

— Ça a été l'école ? lui demande sa mère.

— Très bien. En cours de musique, j'ai chanté et fait rire toute la classe.

— Tiens, qu'est-ce que je vous disais ? s'exclame Mme Tuvache, prenant son interlocuteur à témoin.

— C'est vrai qu'il n'a pas l'air facile..., reconnaît le représentant en s'essuyant les joues. Les deux autres ne sont pas comme ça au moins ?

— Non, eux seraient passés en soupirant et vous bousculant sans s'excuser. L'aîné, quoique sans appétit, ne nous donne que des satisfactions, presque toujours enfermé dans sa chambre, mais la pauvre Marilyn, à bientôt dix-huit ans, se sent godiche et inutile ici. Elle a toujours chaud et transpire. Elle cherche sa place.

— Mh, mh..., grommelle le nouveau représentant de *M'en Fous La Mort* en ouvrant sa mallette d'où il sort un carnet de commandes.

Et il observe, dans son ensemble, l'établissement qu'il découvre pour la première fois :

— Un bien beau magasin que vous avez, là. Et surprenant, tout seul, entouré par les gratte-ciel. Ah oui, vraiment, la plus jolie boutique du boulevard Bérégovoy ! Et puis, à l'extérieur, elle est curieuse votre façade. Pourquoi y a-t-il une étroite tour au-dessus du toit comme un clocher ou un minaret ? C'était quoi, avant, ici ? Une église, une chapelle ?

— ... Ou une mosquée, un temple peut-être. Plus personne ne sait, répond Lucrèce. Alignées le long du couloir à l'étage, ce devait être des loges de religieux transformées plus tard en chambres, salle à manger, cuisine d'appartement. Et puis, sur le palier à gauche, la petite porte donne vers les pierres usées de l'escalier à vis de la tour mais on n'y va jamais. Là-bas au fond, dans ce qui devait être une sacristie, je confectionne mes poisons maison.

Le représentant cogne des phalanges contre un mur qui sonne creux.

— Vous avez tout fait recouvrir de placoplâtre ? (Puis il observe les présentoirs qu'il commente pour lui-même :) Double gondole au milieu, une gondole simple contre chacun des deux murs latéraux... Carrelage de Delft à l'ancienne, bel éclairage de morgue au plafond, un air propre et puis, dites donc, il y a du choix !... Les nœuds coulants sont ici...

— Justement, on va vous reprendre du chanvre, déclare Mishima, silencieux jusqu'à présent. Le soir, j'aime bien entortiller moi-même les cordes en regardant des dramatiques à la télé. Et puis les gens apprécient le travail artisanal. Une année, on en avait pris des industrielles. Beaucoup de gens sont tombés du tabouret.

— Je vous en mets quoi, un ballot ? note le représentant.

— Et aussi du cyanure, dit Lucrèce devant la gondole du mur de gauche où sont alignées les fioles, il ne m'en reste presque plus. Et de la terre d'arsenic : un sac de cinquante kilos.

— Notez un kimono de taille XXL, rajoute Mishima.

Le représentant avance dans le magasin en inscrivant les commandes de l'un et l'autre, arrive jusqu'au rayon frais qui l'étonne :

— Eh bien, c'est drôlement vide ici : quelques pétales de digitale, baies de houx noir, champignons cortinaires resplendissants, *Galerina marginata* mais pas beaucoup d'animaux en boîtes percées de trous pour qu'ils respirent...

— Ah ça, nous, on a toujours eu un problème avec les animaux, reconnaît Mishima, que ce soit avec les grenouilles dorées, les serpents trigonocéphales ou les araignées veuve noire... Vous voyez, explique-t-il au représentant, le problème c'est que les gens sont tellement seuls qu'ils s'attachent aux animaux venimeux qu'on leur vend. Et les bêtes, c'est curieux, le sentent et ne les mordent pas. Une fois, tu te souviens, Lucrèce ?... une cliente qui nous avait acheté une mygale tueuse revient dans la boutique. Alors moi, j'étais très étonné et elle me demande si je vends des aiguilles. Je croyais que c'était pour se crever les yeux. Eh bien, pas du tout, c'était pour tricoter des petites bottines en coton perlé à son araignée qu'elle avait appelée Denise. Elles étaient devenues copines et, d'ailleurs, la dame l'avait en liberté dans son sac. Elle l'a sortie et fait courir sur sa main. Moi, je lui disais : « Mais rangez ça ! » Et elle, elle rigolait : « Denise m'a redonné goût à la vie. »

— Une autre fois, surenchérit Lucrèce, un dépressif nous a pris un cobra cracheur de venin qui ne lui a jamais craché dessus et que le client a fini par appeler Charles Trenet. Il n'aurait pas pu l'appeler Adolf ?! Nous, on a bien donné des prénoms de suicidés célèbres à chacun de nos enfants : Vincent pour Van Gogh, Marilyn pour Monroe...

— Et pourquoi Alan ? demande le représentant.

— Il aurait nommé son serpent Nino Ferrer, poursuit Lucrèce restant sur sa pensée, là, encore, on aurait compris.

— Ah non, vraiment, les animaux sont décevants, intervient Mishima. Quand les grenouilles dorées s'échappent, elles sautent partout dans le magasin. Et alors, c'est compliqué de les rattraper avec un filet, surtout qu'il ne faut pas les toucher sinon vous êtes mort. On ne prendra plus d'animaux et on ne sait pas ce qu'on va faire du rayon frais.

Assis sur les marches de l'escalier qui conduit à l'appartement, le jeune Alan tient une petite tige en plastique surmontée d'un anneau dans lequel il souffle. Des bulles de savon s'envolent alors. Elles montent et descendent, flottent, colorées et brillantes, dans le Magasin des Suicides. Elles filent, insouciantes, entre les rayonnages. Mishima en ondulant le cou suit leur voyage.

Une grosse bulle d'eau savonneuse vient éclater contre les cils du représentant qui s'essuie l'œil et se dirige en grimaçant vers sa mallette sur le comptoir : « J'ai peut-être une idée, là, pour votre enfant en difficulté. »

— Lequel ? Alan ?

— Ah non, lui... mais pour la fille. À *M'en Fous La Mort*, on vient de mettre sur le marché un nouveau produit qui serait sans danger pour elle.

— Sans danger pour elle ? répète Lucrèce.

9.

— Premier novembre... Bon anniversaire, Marilyn !!!

La mère sort de la cuisine et porte, sur un plateau métallique, un gâteau d'anniversaire en forme de cercueil. Le père, devant la table ronde de la salle à manger, fait sauter le bouchon d'une bouteille de champagne et s'adresse à sa fille en la servant :

— Dis-toi que ça te fait un an de moins à vivre !...

La mousse grimpe dans la coupe. Marilyn Tuvache pose un index sur le bord et la mousse se résorbe. Le gâteau trône, lugubre, au centre de la table parmi les reliefs du dîner familial et devant l'assiette vide, restée intacte, de Vincent à qui Mishima veut aussi servir du champagne.

— Non merci, papa. Je n'ai pas soif.

Le père en fait couler quelques gouttes dans le verre d'Alan :

— Allez ! Prends-en, toi, âme toujours ravie... pour fêter la majorité de ta sœur qui en a fini avec l'enfance et l'adolescence. C'est déjà ça.

Les façades verticales, en chocolat au lait, du gâteau imitent le bois verni du peuplier crémation. Le couvercle de cacao noir décoré de moulurages ressemble à l'acajou. Aux deux tiers de sa longueur, il s'ouvre au-dessus d'un oreiller de crème chantilly sur lequel repose une tête en pâte d'amande rose. Des zestes de citron la coiffent d'une chevelure blond vif.

— Oh, mais c'est moi ! s'exclame Marilyn en portant les mains à ses lèvres. Maman, que c'est beau !

— Je n'y suis pas pour grand-chose, avoue modestement la mère. Vincent en a eu l'idée et me l'a dessiné. Il n'a pas pu le cuisiner, le pauvre, en raison de son dégoût de la nourriture, mais il s'est occupé aussi des bougies.

Celles-ci, beiges et torsadées comme des cordes, ont été légèrement fondues pour les tordre en forme de deux chiffres dressés et enflammés côte à côte : 1 et 8, dix-huit. Marilyn retire le *un* qu'elle place de l'autre côté du *huit* : « Je préférerais avoir quatre-vingt-un ans... » Puis elle les souffle comme on se débarrasserait de son existence. Mishima frappe dans ses mains :

— Et maintenant, les cadeaux !

La mère, après avoir refermé le réfrigérateur de la cuisine, revient avec une papillote semblable à un sucre d'orge enveloppé :

— Marilyn, tu nous excuseras pour la présentation. On avait demandé à Alan d'acheter du papier d'emballage blanc bordé de noir comme les faire-part de deuil et il en a rapporté du coloré avec des clowns qui rigolent. Mais ça, tu connais ton frère... Tiens, ma grande. C'est de la part de tes parents.

Marilyn, émue d'être ainsi célébrée, déroule les plis du papier à chaque extrémité du cadeau et l'ouvre :

— Une seringue ? Mais qu'y a-t-il dedans qui ressemble à de l'eau ?

— Un terrible poison.

— Oh, maman, papa ! Vous m'offrez enfin la mort. C'est vrai, je peux me détruire ?

— Mais non, pas toi ! s'exclame Lucrèce, les yeux au ciel. Mais tous ceux que tu embrasseras.

— Comment ça ?

— À *M'en Fous La Mort*, ils nous ont proposé ce liquide qu'ils ont mis au point. Tu te l'injectes en intraveineuse et toi, tu n'es pas malade, n'as rien. Mais tu développes dans ta salive un poison qui tuera tous ceux qui t'embrasseront. Chacun de tes baisers sera mortel...

— ... Et toi qui cherchais ta place dans le magasin, reprend Mishima, avec ta mère on a décidé qu'on pourrait te confier le rayon frais. Tu serais là et ferais un baiser aux clients à qui on conseillerait ce type de décès volontaire : le baiser de la mort, *the Death Kiss !*...

Marilyn assise et avachie se redresse, en tremble d'émotion. Le père précise : « Il faudra juste que tu penses à ne jamais nous embrasser. »

— Mais maman, comment c'est possible d'être venimeuse sans s'empoisonner soi-même ?...

— Et les animaux, comment font-ils ? réplique, en spécialiste, Lucrèce. Les serpents, araignées, etc. vivent en forme avec la mort dans leur gueule. Eh bien, toi, ce sera pareil.

Le père serre un garrot au-dessus d'un coude de sa fille. Celle-ci tapote le corps de pompe de la seringue, fait sortir une goutte de l'aiguille et se pique elle-même la veine devant Alan qui la regarde. Elle a les larmes aux yeux.

— C'est le champagne !... s'excuse-t-elle.

— Bon, et vous les garçons, demande Mishima, où sont les cadeaux pour votre sœur ?

Le si maigre Vincent au crâne bandé sort de sous la table un volumineux paquet. Marilyn en défait le papier d'emballage décoré de clowns. Son grand frère lui explique l'utilité de ce présent excentrique :

— C'est un casque intégral de moto en carbone indestructible dont j'ai blindé la visière. À l'intérieur, j'ai fixé deux bâtons de dynamite d'où pendent deux fils... Comme ça, si un jour maman et papa nous permettent de nous autodétruire, tu enfiles le casque, attaches la sangle sous le menton et puis tu tires sur les deux fils. Ta tête explosera dans le casque sans tacher les murs.

« C'est délicat de penser à ces détails-là ! » applaudit Lucrèce dont le fils aîné fait aussi l'admiration de Mishima : « Mon grand-père était paraît-il comme ça : inventif. Et toi, quel est ton cadeau, Alan ? »

L'enfant de onze ans déplie un grand carré de soie

blanche. Marilyn s'en empare aussitôt, le vrille et le serre autour de sa gorge :

— Oh, une ficelle pour me pendre !

— Mais non..., sourit Alan, lui faisant voir. Il faut qu'il soit plus relâché, vaporeux. Ce doit être comme un nuage de caresse autour de ton cou, tes épaules, ta poitrine.

— Comment l'as-tu acheté ? s'inquiète la mère en découpant une part du gâteau en forme de cercueil qu'elle tend à Vincent.

— Non merci, maman.

— Ze l'ai payé avec mon arzent de poche, répond Alan.

— De toute l'année alors ?

— Oui.

Lucrèce en reste la spatule en l'air au-dessus de la pâtisserie.

— Je ne vois pas l'intérêt, reprend-elle en découpant une autre part du gâteau.

— C'est vraiment dépenser de l'argent pour rien..., confirme le père.

Marilyn, contemplant sa famille au complet, fait doucement voler le foulard autour de sa gorge :

— Je ne vous embrasse pas, bien sûr, mais le cœur y est.

10.

La nuit venue, dans sa chambre, Marilyn s'est déshabillée et, debout et nue, elle joue avec le grand carré de soie blanche devant le reflet des vitres de sa fenêtre qui donne sur la cité des Religions Oubliées. Des gens chutent des balcons des tours Moïse, Jésus, Zeus, Osiris... comme un crachin d'automne.

Mais la fille Tuvache fait voler autour d'elle le foulard. La soie au contact de ses épaules provoque des frissons qui lui creusent les reins. Elle laisse glisser l'étoffe immaculée le long de ses fesses, la récupère par-devant entre ses jambes et la lance au-dessus d'elle en l'air. Le carré blanc s'y déploie tel le gracieux mouvement d'une danseuse étoile. Il retombe en parachute lent sur le visage renversé de la fille des commerçants du Magasin des Suicides. Paupières closes, elle souffle et la soie s'envole à nouveau. Marilyn en attrape un angle qu'elle fait tourner autour de son ventre, ses hanches, comme un bras d'homme la prendrait par la taille. Aaah... le feulement du foulard remontant encore entre ses cuisses et s'agrippant dans les poils. Aaah... Marilyn, ordinairement voûtée et les épaules rentrées, se redresse. Aaah... Elle s'arque davantage lorsque le cadeau d'Alan, pris d'un élan, s'élève le long de sa poitrine et frôle ses seins dont elle avait honte (à tort). Leurs pointes se redressent, durcissent. Ses seins, gros, sont magnifiques et les doigts croisés derrière la nuque, dans le reflet des vitres de sa chambre, Marilyn s'étonne de se découvrir ainsi tandis que le foulard retombe. Elle le récupère au niveau de ses mollets charmants, se penche. Son cul est splendide, large sous une taille à peine un peu grasse. Et la soie à nouveau voyage, révèle à la fille complexée l'harmonie insoupçonnée de son corps. C'est la plus belle de tout le quartier ! Pas une fille de la cité des Religions Oubliées ne lui arrive à la cheville (qu'elle a fort jolie). Le cadeau de son petit frère, mieux qu'un rêve... Et le foulard poursuit sa danse hypnotique et sensuelle au ras de la peau qui vibre. Les paupières se plissent d'un air d'extase inédit pour Marilyn. Mais que découvre-t-elle encore ? Devient-elle Monroe ? Elle entrouvre ses lèvres où s'étire un fin filet de salive... mortelle.

11.

« *Ouvert pour cause de décès.* » La petite pancarte, tournée à l'extérieur et fixée par une ventouse contre la porte d'entrée, remue tandis qu'au-dessus ça tintinnabule. Accroché telle une clochette en haut du châssis, un minuscule squelette constitué de tubes de fer égrène les notes lugubres d'un requiem. Lucrèce tourne alors la tête et découvre une jeune cliente qui entre :

— Dis donc, tu n'es pas vieille, toi. Quel âge ? Douze, treize ans ?

— Quinze ! ment l'adolescente. Je voudrais des bonbons empoisonnés s'il vous plaît, madame.

— Oh là, là, « des » bonbons ! Comme tu y vas. De nos friandises fatales, tu ne pourras en prendre qu'une seule. Il ne s'agirait pas que tu en distribues à toutes tes voisines de classe. On n'est pas là pour décimer le lycée Montherlant ou le collège Gérard de Nerval ! continue Lucrèce en dévissant le large couvercle d'un bocal sphérique en verre empli de confiseries. C'est comme pour les munitions de revolver, on ne les vend qu'à l'unité. Celui qui se tire une balle dans la cervelle n'en a pas besoin d'une deuxième ! S'il exige une boîte complète, c'est qu'il a une autre idée en tête. Et nous, on n'est pas là pour fournir les assassins. Allez, choisis... mais choisis bien, hein, car, dans ce bocal, seulement un bonbon sur deux est mortel. La loi ordonne qu'on laisse une chance aux enfants.

La très jeune fille hésite entre les chewing-gums, Mistral perdants emballés d'un papier, et les Roudoudous de Thanatos – demi-coquilles de praires fourrées d'un bonbon acidulé jaune, vert ou rouge à longuement lécher parce qu'ils provoquent une mort lente. Devant la fenêtre, de grands cornets en papier : pochettes surprises bleues pour les garçons et roses pour les filles. L'adolescente ne sait que choisir, finalement s'empare d'un Mistral perdant.

— Pourquoi veux-tu mourir ? lui demande, assis près de sa mère, le jeune Alan qui dessine de grands soleils sur des feuilles de cahier.

— Parce que la vie ne vaut pas la peine d'être vécue, répond la fille d'à peu près l'âge du cadet des Tuvache.

— C'est ce que je me tue à lui dire ! intervient Lucrèce emplie d'admiration pour sa jeune cliente. Tiens, prends-en de la graine, poursuit la mère s'adressant à son fils.

La collégienne, en s'approchant d'Alan, se confie :

— Je suis seule contre tous, incomprise dans un monde cruel, et ma mère est tellement nulle... Elle m'a confisqué mon téléphone satellite, tout ça parce que j'ai dépassé le forfait de quelques heures. Non mais, à quoi ça sert un téléphone si on ne peut pas appeler avec ? J'en ai marre. Si j'avais un forfait de cinquante heures, je ne l'aurais pas dépassé... En fait, elle est jalouse parce qu'elle n'a personne à appeler alors elle se venge sur sa fille : « Bla, bla, bli, bla, bla, bla !... Pourquoi tu passes des heures à appeler Nadège ? Tu n'as qu'à aller la voir, elle habite en face. » Alors moi, je n'aurais pas le droit de rester dans ma chambre, c'est ça ? s'indigne l'adolescente. Pourquoi je devrais sortir ? Je ne veux pas voir le soleil, étoile à la con. Ça ne sert à rien, le soleil..., continue-t-elle en observant les dessins d'Alan. Il fait trop chaud là-bas et personne ne pourrait y habiter.

Elle revient à la caisse et paie son Mistral perdant :

— Elle ne se rend pas compte, ma mère, du temps qu'il faut pour m'habiller, me coiffer, me maquiller avant de sortir. Je n'allais pas passer ma vie devant le miroir alors que je pouvais téléphoner !

Biling, biling – les notes lugubres d'un requiem – et la fille sort du magasin en dépliant sa friandise (seule réponse possible à son drame). Le cadet des Tuvache bondit du tabouret, court après elle et, sur le pas de la porte, il lui chipe le bonbon puis se jette la main à la bouche. Lucrèce jaillit de derrière le comptoir en hurlant :

— Alan !

Mais c'était une blague. L'enfant se débarrasse, dans le caniveau, de la confiserie peut-être mortelle tandis que Mme Tuvache, blême, l'enserre dans ses bras : « Tu vas faire mourir de peur ta mère !... » Alan, une joue contre la poitrine de sa génitrice, sourit :

— J'entends battre ton cœur, maman.

— Ben, et moi, et mon bonbon ?

La petite fille désemparée trouve la vie tellement injuste que Lucrèce, tendant une main derrière elle, lui propose une nouvelle fois de choisir dans le bocal.

La collégienne s'empare d'un Mistral, l'avale aussitôt.

— Alors, lui demande la commerçante du Magasin des Suicides, est-ce que ta bouche se dessèche ? Sens-tu la brûlure de l'arsenic couler dans ta gorge ?

— Rien, que du sucre..., répond la fille.

— Décidément, ce n'est pas ton jour, doit reconnaître Lucrèce. Reviens une autre fois.

— ... Sauf si tu changes d'avis, poursuit Alan.

— Bien sûr, sauf si tu changes d'avis, répète mécaniquement la mère encore sous l'émotion. Mais qu'est-ce que je dis, moi ?

Dans le magasin, elle bouscule son jeune fils qui rit et l'accuse :

— C'est toi, aussi, tu me fais dire des bêtises !

12.

— Souvent, les gens nous demandent pourquoi nous avons prénommé notre petit dernier : Alan. C'est à cause d'Alan Turing.

— Qui ? s'étonne une grosse dame aux traits déconfits et paraissant sous un nuage de pluie.

— Vous ne connaissez pas Alan Turing ? questionne Lucrèce. C'était un Anglais à qui son homosexualité avait créé des problèmes avec la justice et qui est considéré comme le père fondateur des premiers ordinateurs. Pendant la deuxième guerre mondiale, sa contribution à la victoire finale a été décisive car il a su décrypter le système *Enigma* : la machine à coder électromagnétique qui permettait à l'état-major allemand de transmettre à ses sous-marins des messages indéchiffrables par les services secrets alliés.

— Ah bon, je ne savais pas...

— C'est un des grands oubliés de l'Histoire.

La cliente hésitante promène sur le magasin des yeux appesantis par le morne regret des chimères absentes...

— Je vous parle de ça, reprend Lucrèce, parce que je vous voyais tout à l'heure lever les yeux vers la frise de petits tableaux, tous à la même taille, que nous accrochons au mur, côte à côte sous le plafond.

— Pourquoi représentent-ils chacun une pomme ?

— À cause de Turing, justement. L'inventeur de l'ordinateur s'est suicidé d'une drôle de manière. Le 7 juin 1954, il a trempé une pomme dans une solution de cyanure et l'a posée sur un guéridon. Ensuite, il en a fait un tableau puis il a mangé la pomme.

— Sans blague !

— On raconte que c'est pour cette raison que le logo d'Apple représente une pomme croquée. C'est la pomme d'Alan Turing.

— Oh ben, ça... au moins je ne mourrai pas idiote.

— Et nous, poursuit Lucrèce qui ne perd pas le sens du commerce, à la naissance de notre cadet, nous avons confectionné ce kit de suicide.

— Qu'est-ce que c'est ? s'approche la cliente intéressée.

Mme Tuvache lui fait l'article :

— Dans cette pochette plastique transparente, vous voyez que vous avez une petite toile montée sur châssis, deux pinceaux (un gros, un fin), quelques tubes de couleurs et bien sûr la pomme. Attention, elle est empoisonnée !... Et ainsi, vous pouvez vous tuer à la manière d'Alan Turing. La seule chose qu'on vous demandera, si vous n'y voyez pas d'objection, c'est de nous léguer le tableau. On aime bien les accrocher, là. Ça nous fait des souvenirs. Et puis c'est joli toutes ces pommes alignées sous le plafond. Ça va bien avec le carrelage de Delft au sol. On en a déjà soixante-douze. Quand les gens attendent à la caisse, ils peuvent regarder l'expo.

C'est ce que fait la grosse cliente :

— Il y en a dans tous les styles...

— Oui, certaines pommes sont cubistes, d'autres presque abstraites. La pomme bleue, ici, était celle d'un daltonien.

— Je vais vous prendre ce kit de suicide, soupire la grosse dame au cœur battant une marche funèbre. Ça complétera votre collection.

— Vous êtes bien aimable. Pensez à le signer et le dater. Aujourd'hui, nous sommes le...

— Quelle heure est-il ? demande la cliente.

— Treize heures quarante-cinq.

— Je vais y aller. Je ne sais pas si c'est de voir tous les fruits de votre frise mais j'ai une petite faim, moi.

Mme Tuvache, en lui ouvrant la porte, la met en garde :

— Ne mangez pas la pomme avant d'avoir fait le tableau, hein ! Ce n'est pas le trognon qu'il faut peindre. De toute façon, vous n'auriez pas le temps.

Mishima, assis sur un tabouret au fond du magasin, remue dans une cuvette un mélange de ciment, de sable et d'eau. Alan descend l'escalier en sifflotant un air joyeux. Son père lui demande :

— Prêt à retourner à l'école pour l'après-midi ? As-tu bien fini ton déjeuner et pensé à regarder les infos à la télé ?

— Oui, papa. La présentatrice du zournal de treize heures a changé de coiffure. Elle était bien peignée.

La mère, les yeux au plafond, intervient :

— C'est tout ce que tu as retenu ? J'en ai le cerveau consterné. Elle n'a pas parlé de guerres régionales, de désastres écologiques, de famine ?...

— Si, on a revu les images des digues des Pays-Bas qui ont explosé sous le dernier raz de marée et la plage qui maintenant s'étend jusqu'à Prague. Ils ont montré des habitants de la province d'Allemagne amaigris et nus qui criaient et roulaient dans les dunes. Mêlés à leur sueur sur la peau, en plissant les paupières, les grains de sable brillants ressemblaient à des petites étoiles. C'était irréel mais tout ça va s'arranzer. Ils vont le retirer, le sable.

Lucrèce est effondrée :

— Ah, celui-là, avec son optimisme, il ferait fleurir un désert... Allez, file au collège. J'en ai plus qu'assez de te voir toujours gai comme un oiseau des bois.

— Au revoir, maman !

— C'est ça, au revoir, hélas...

Mishima, près du rayon frais en chantier, remonte une manche de son pull. Sur son avant-bras, il verse de l'eau puis du sable et tourne son membre supérieur sous la lumière des néons en plissant les paupières.

Sa femme le regarde :

— Mais qu'est-ce que tu fabriques, toi ?

13.

— C'est un parpaing en ciment muni d'un anneau. Il est fourni avec une chaîne que l'on cadenasse à la cheville. Vous vous mettez au bord du fleuve. Vous le jetez devant vous et, hop, vous êtes entraîné au fond et c'est fini.

— C'est intéressant, hoche de la tête un client moustachu.

Mishima se glisse une paume sur le front et la moitié de son crâne dégarni puis il reprend :

— Je les confectionne moi-même ici ou à la cave avec le nom de la boutique moulé en relief sur une face. Passez votre main dessus. On lit *Le Magasin des Suicides*. Ces parpaings servent aussi pour la défenestration.

Le client s'étonne. Devant lui, Mishima étire une commissure de ses lèvres qui accentue l'arrondi d'une pommette sous des yeux ronds comme des billes aux sourcils qu'il relève :

— Oui, oui, oui, les parpaings vous rendent plus lourd parce que avant, vous savez, lorsque, par des nuits de tornade ou d'ouragan, des gens au corps léger se jetaient par la fenêtre, on les retrouvait le lendemain en pyjama ridiculement échoués dans des branches d'arbre, accrochés à des réverbères ou étalés sur le balcon d'un voisin. Tandis qu'avec le parpaing Magasin des Suicides fixé à la cheville, vous tombez droit.

— Ah !

— Moi, souvent le soir, soulevant le rideau de notre chambre, je les regarde tomber des tours de la cité. Le parpaing à une cheville, on dirait des étoiles filantes. Lorsqu'ils sont nombreux, les nuits de défaite sportive par l'équipe locale, on croirait du sable qui coule des tours. C'est joli.

Lucrèce, inquiète près de la caisse, fronce son beau regard grave, observe son mari, l'écoute, s'interroge :

— Alan serait-il contagieux ?

14.

— Vous voulez mourir ? Embrassez-moi.

Marilyn Tuvache trône telle une reine au rayon frais. Assise dans un grand fauteuil de velours écarlate aux accoudoirs, dossier, en bois sculpté de feuilles d'acanthe dorées, sa robe est moulante et son décolleté profond. Elle se penche vers un client intimidé par sa nouvelle splendeur, sa jeunesse et sa blondeur. Elle tend ses lèvres maquillées vers le désespéré :

— Là, sur la bouche, avec la langue...

Le client ose s'approcher. Marilyn déplie son grand carré de soie blanche – le cadeau d'Alan – dont elle recouvre la tête de l'homme et la sienne. Et sous le foulard aux airs de fantôme qui pend plus bas que leurs épaules, on devine qu'ils s'embrassent. Les têtes tournent longuement et lentement sous la soie puis Marilyn la dégage. Un fin filet de salive s'étire entre leurs bouches. Le client la recueille du dos d'une main puis la lèche pour ne rien perdre.

— Merci, Marilyn...

— Ne vous attardez pas. D'autres clients attendent.

La nouvelle fonction de la fille Tuvache s'avère être un succès à l'ébahissement de ses parents.

— Après des études qui furent un véritable suicide scolaire, elle a enfin trouvé sa place... au rayon frais, soupire la mère.

— Depuis le kit Alan Turing, c'est la meilleure idée qu'on ait eue, confirme le père.

Et le tiroir-caisse fonctionne. Il y a une liste d'attente. Aux gens qui téléphonent pour réserver un *Death Kiss*, Lucrèce répond :

— Ouh, là, là, si vous voulez, mais pas avant une semaine !

Il y a tant de candidats au baiser de la Mort qu'il faut vérifier que des clients ne reviennent pas plusieurs fois. Certains s'en plaignent :

— Mais je ne suis pas encore décédé !

— Ah ça, le *Death Kiss* peut mettre du temps à agir mais ça viendra et puis il faut qu'il y en ait pour tout le monde.

Des suicidaires demandent si, en payant plus cher, il serait possible de passer toute une nuit avec Marilyn. Lucrèce s'en offusque :

— Et puis quoi encore ? On n'est pas des proxénètes tout de même !

Mishima, indigné, les vire de sa boutique :

— Allez, fichez-moi le camp ! Pas besoin de clients comme vous, ici.

— Mais je veux mourir.

— Démerdez-vous. Allez au bureau de tabac !

Et au fond du magasin, Marilyn, embrassant les hommes, s'épanouit comme une fleur exotique et carnivore. Alan passe près d'elle en sifflotant :

— Tu vois, quand je disais que t'étais belle !... Tous les gars de la cité des Religions Oubliées n'en ont plus que pour toi. Regarde-les...

Ils attendent, ceux de la tour Osiris qui ont obtenu un tarif de groupe. À la queue leu leu entre les gondoles ils avancent centimètre par centimètre à travers les rayonnages aux forêts de symboles qui les observent avec des regards familiers – tête de mort pour les produits toxiques, croix noire sur fond orange pour ce qui est nocif et irritant, un dessin d'éprouvette penchée goutte pour signifier le corrosif, un rond noir d'où partent des traits en étoile indique les explosifs, une flamme symbolise le produit inflammable, un arbre sans feuilles près d'un poisson échoué prévient de la dangerosité pour l'environnement. Des triangles sont illustrés d'un éclair, d'un point d'exclamation, encore une tête de mort puis trois cercles assemblés pour les dangers biologiques. Chacun des articles à vendre ici est décoré d'une de ces figurines mais tous les clients ne semblent plus qu'attendre le baiser de Marilyn. Les clientes jalouses font un peu la gueule.

— Mais !... vous pouvez aussi vous inscrire, mesdames, leur dit Mishima qui est large d'esprit. Marilyn n'a rien contre.

Un gentil jeune homme entre dans le magasin surencombré, affirmant qu'il a réservé pour un *Death Kiss*. Lucrèce tourne les yeux vers lui :

— Vous êtes déjà venu, vous. Je vous reconnais.

— Non, je ne suis jamais venu.

— Si, je vous reconnais.

— Je suis le gardien du cimetière chez qui votre fille déposait, avant, les couronnes de fleurs pour les clients qui vous invitent à leur enterrement.

— Oh, pardonnez-moi ! s'exclame Lucrèce, soudain confuse et levant une main devant sa bouche. Je ne vous avais pas resitué. Et pourtant j'aurais dû parce que nous, à part au cimetière, on ne sort pas beaucoup. Quelques fois, le week-end, on va au bois cueillir des champignons vénéneux mais sinon... Ce sont tous ces clients essayant de venir plusieurs fois qui me tournent la tête.

Le délicat jeune homme fait la queue derrière eux. Débris d'humanité mûr pour l'éternité, il est pâle comme un cierge. Son joli visage rongé par les chancres du cœur, il observe, dans le décolleté, les seins de Marilyn penchée et sa robe entrouverte lorsqu'elle se tord pour embrasser des hommes. Il contemple avec crainte celle dont il attend un baiser. Lorsque c'est son tour, il demande :

— Infusez-moi votre venin, Marilyn.

La fille Tuvache qui s'essuyait les lèvres le regarde et répond :

— Non.

15.

— Comment ça, non ? s'étonne la mère, les poings sur les hanches au fond du magasin.

— Oui, pourquoi non ? répète le père en gilet torsadé qui, traversant la foule, s'était enquis à propos de Marilyn : Elle est en panne ?

— Je n'embrasserai pas ce garçon-là, lui dit sa fille.

— Mais pourquoi ? Qu'est-ce qu'il a ? Il paraît pourtant bien gentil et est joli garçon. Tu en as embrassé des plus moches et qui semblaient autrement désagréables.

Le jeune homme concerné, debout face à la jeune blonde Tuvache assise sur son trône, ne la quitte pas des yeux :

— Je ne vous vois plus jamais, Marilyn. Vous ne venez plus au cimetière. Embrassez-moi.

— Non.

— Oh, ça va bientôt finir, oui ? s'énerve le père. Les clients attendent. Marilyn, embrasse ce garçon !

— Non.

Mishima est stupéfait. Lucrèce, près de lui, hoche la tête :

— Ça va, j'ai compris...

Elle conduit son époux à l'écart près de l'escalier et à l'abri des oreilles indiscrètes :

— Ta fille est amoureuse. À force d'embrasser tout le monde, aussi, un jour ou l'autre ça devait arriver...

— Qu'est-ce que tu dis, Lucrèce ?

— Elle aime ce jeune gardien de cimetière et ne veut donc pas lui donner de baiser.

— C'est le gardien du cimetière ? Je ne l'avais pas reconnu. Eh bien, même, c'est idiot. Quand on aime, on embrasse.

— Mais allons donc, Mishima, réfléchis ! Elle a le *Death Kiss*.

— Merde..., blêmit le mari qui avait oublié et, les pattes sciées aussi, il s'assoit sur une marche de l'escalier, contemple l'endroit réfrigéré. Quand ce ne sont pas les amanites qui pourrissent là ou les grenouilles dorées qui s'échappent, Marilyn y tombe amoureuse. Il est maudit, ce rayon frais.

La foule gronde et s'impatiente dans la boutique :

— Alors, ça vient ?...

Mishima se lève vers le jeune gardien de cimetière et lui propose un arrangement :

— Vous ne voulez pas plutôt une corde ou du poison ? Il y a d'autres moyens d'en finir avec la vie, surtout ici ! Les lames de rasoir, la pomme de Turing, ça ne vous dit pas ? Lucrèce, qu'est-ce qu'on pourrait lui proposer ? Allez, pour vous, ce sera cadeau ! N'importe quoi, un tanto et un kimono, ce que vous voulez, mais décidez-vous !

— Je veux que Marilyn m'embrasse.

— Non, répond la fille Tuvache. Je vous aime, Ernest.

— Moi aussi, dit le gardien de cimetière. À en mourir.

La situation est bloquée. Malgré la foule, un silence de mort règne maintenant dans le magasin lorsque soudain on entend brailler.

16.

— *Ploum Ploum, tra la la !!! Voilà c'qu'on chante, voilà c'qu'on chante !... Ploum Ploum, tra la la !!! Voilà c'qu'on chante chez moi !...*

— Mais qu'est-ce que c'est que ça ?!

M. Tuvache lève la tête vers le plafond car la chanson, dont le niveau sonore a été poussé à fond, semble venir de l'étage.

— *Ploum Ploum, tra la la !!!*

Mme Tuvache crispe ses mâchoires. Des nerfs battent et lui creusent les joues. Ses lèvres se pincent et se vident de leur sang. Les fioles de poison tremblent et s'entrechoquent dans les rayonnages. Sous les vibrations de la chanson gueulée à tue-tête, elles remuent et se déplacent, vont tomber. Lucrèce se précipite pour les retenir.

— Ça, c'est Alan !

Un tube au néon claque. Il s'en écoule un filet de fumée à l'odeur âcre qui pique les yeux de tous les candidats au suicide qui attendaient un *Death Kiss* de Marilyn. Un sabre à seppuku, fixé contre le mur au-dessus de l'escalier, se décroche et vient se plan-

ter verticalement dans une marche. Sa lame luisante
vibre et lance des éclairs tandis que les cordes pour
pendus se déroulent et choient sur le carrelage où
des clients, dans les nœuds coulants, s'empêtrent les
pieds. Mishima est débordé. Le bocal de bonbons
sur le comptoir chute et se brise en mille éclats de
verre scintillants. Les lames de rasoir filent. Les
petits tableaux aux pommes de Turing tombent et
l'on se croirait alors sous un pommier dont on
secoue le tronc. Le tiroir-caisse s'ouvre de lui-
même, exhibant tous les billets de banque rapportés
nouvellement par le rayon frais. Des malhonnêtes de
la tour Bouddha s'en emparent par poignées. Assis-
tant à ce pillage, Mishima ordonne, tanto au clair :

— Allez, tout le monde dehors ! De toute façon,
ça va être la nuit. Vous mourrez une autre fois. Gar-
dez vos tickets numérotés et revenez demain quand
tout sera arrangé ! Et vous aussi, le jeune gardien de
cimetière... Allez, hop, dehors ! Prenez ce revolver
jetable à un coup et ne venez plus nous faire chier
avec vos histoires d'amour.

— *Ploum Ploum, tra la la ! Voilà c'qu'on chante
chez moi !*

Des dépressifs expulsés sortent en fredonnant
machinalement : « Ploum Ploum, tra la la... » tandis
que tous les tubes au néon clignotent maintenant
comme les spots au-dessus de la piste de danse de la
discothèque Kurt Cobain.

— Alan, vas-tu éteindre cette musique ?!! crie la
mère, mais son fils cadet à l'étage ne peut entendre
car le vacarme des deux cents artistes soldats –

ténors, barytons et solides voix de basse – du chœur de l'armée Rouge chantent à pleine gorge : « *Ploum Ploum, tra la la !!!* » en claquant aussi du talon.

Lucrèce abandonne les fioles qu'elle retenait alors elles pleuvent, explosant leur dangerosité sur le carrelage, ruisselant sous les gondoles.

— Au moins, ça va dératiser.

En grimpant l'escalier elle se surprend d'avoir eu cette pensée, entre dans la chambre d'Alan :

— Est-ce que tu vas finir par arrêter ça ?

— *Ploum Ploum, tra,* pop !

Lucrèce vient de couper le son :

— Mais t'es un malade, toi ! On vivait une tragédie antique au rayon frais et voilà ce que tu mets comme musique, imbécile ! Et ton frère, est-ce que tu penses à ton frère ? Il a dû encore tout détruire en entendant tes sottises..., continue-t-elle, sortant dans le couloir pour aller dans la chambre de Vincent.

Stoïque, celui-ci, face à sa maquette intacte, tapote des ongles sur la table dans le rythme de « *Ploum Ploum, tra la la* ». La mère s'approche de son crâne bandé, observe la construction qu'il fixe de ses pupilles hallucinées et s'étonne :

— Ben ? Tu as fait se rejoindre les rails de ton Grand Huit ?

— C'est Alan qui m'a dit que ce serait mieux et que les gens seraient plus heureux...

— Alors, ça devient n'importe quoi ici ! Et en plus, mon plat qui brûle au four. Allez, à table, tout le monde !

Mishima a baissé le rideau de fer mais laissé la

porte ouverte pour aérer, éteint les lumières. Sa fille, déjà en haut de l'escalier, traîne à nouveau les pieds. Il commence à gravir les marches à tâtons dans le noir, s'arrête, allume l'ampoule au-dessus de lui. Sur le palier, Alan le regarde et sourit...

La mère, de mauvais poil, déboule de la cuisine et pose énergiquement un plat sur la table de la salle à manger :

— Et je ne veux pas entendre de réflexions, hein ! Avec toutes ces histoires, j'ai cuit ça comme j'ai pu.

— C'est quoi ? demande Vincent.

— Le gigot d'un agneau qui s'est jeté de la falaise. Le boucher me l'a garanti. C'est pour ça que l'os est cassé. Mais qu'est-ce que ça peut te faire à toi, l'anorexique ? Mishima, ton assiette !

— Je n'ai pas faim, prévient Marilyn.

L'ambiance à table est détestable. Marilyn pleurniche, tout le monde fait la gueule sauf Alan qui s'extasie :

— Oh, dis donc, c'est drôlement bon, maman !

Lucrèce lève les yeux au ciel et s'énerve :

— Comment voudrais-tu que ce soit bon, crétin ? J'ai fait n'importe quoi ! J'ai commencé par le rôtir puis j'ai mis un alu dessus comme si c'était un poisson en papillote alors, tu parles ! Je l'ai même d'abord saupoudré de sucre avant de m'apercevoir qu'il fallait que je le sale et le poivre.

— Ah, voilà..., sourit, pleine d'appétit, la bouille d'Alan. Ça vient de là, ce petit goût caramélisé. L'avoir ensuite recouvert d'un papier alu, quelle bonne idée ! Ainsi, il est croustillant à l'extérieur et moelleux à l'intérieur.

Vincent, à la tête de Van Gogh en crise, pousse son assiette vers le plat. La mère et le père se regardent. Lucrèce sert son aîné tandis que son cadet la félicite :

— Tu devrais monter un restaurant. Ce serait meilleur qu'en face, au *François Vatel*, et les clients, ravis, reviendraient souvent.

— Les gens, je n'ai pas la vocation de les nourrir, moi, pauvre tache. Je les empoisonne et ils ne reviennent jamais ! Est-ce qu'un jour tu vas admettre ça ?

Alan se marre :

— C'est à peu près ce qu'ils font chez Vatel... C'est pour ça qu'ils vont bientôt fermer. Tu joues celle en colère mais je sais bien qu'au fond, t'es contente que je le trouve bon, ton gigot...

— C'est vrai que c'est fameux, doit reconnaître le père.

Sa femme le fusille du regard :

— Alors toi aussi, tu t'y mets, Mishima ?!

Vincent essuie ses lèvres gercées puis approche une seconde fois son assiette. Il se sert lui-même un gros morceau. Lucrèce en pose ses couverts. Seule Marilyn, la mine dégoûtée, ne touche pas aux siens.

— Je te comprends, lui confie sa mère. Au moins une qui a du goût dans la famille. Pour dire des âneries, elle ne gaspille pas sa sali...

— Waouh !!!

La blonde chiale dans la porcelaine.

— Quoi ? Qu'est-ce que j'ai dit ? crie la mère devant le reproche qu'elle lit dans les yeux de son mari.

— Waouh ! Maman, papa... je ne pourrai jamais embrasser Ernest, le garçon qui m'aime, sinon je le tue !

— Il s'appelle Ernest ? demande Mishima. Comme Hemingway ? Il paraît que c'est sa mère qui lui avait envoyé par la poste le revolver Smith and Wesson de son suicide avec un gâteau au chocolat... Son père s'était déjà flingué et sa petite fille ensuite aussi, le jour du trente-cinquième anniversaire du suicide de l'écrivain. Il avait exigé qu'on l'appelle Margaux parce que c'était le nom de son vin préféré. Elle est devenue alcoolique et s'est foutue en l'air ! C'est amusant, non ?

Cette fois-ci, c'est Lucrèce qui fronce les yeux vers son époux qui se reprend :

— Autant pour moi. C'est vrai que ce n'est pas de bol, cette histoire de *Death Kiss*. Ah ! merde, un gars bien qui aurait pu nous faire une descendance et avec un métier d'avenir : gardien de cimetière ! Vincent, lui, côté descendance... Et quant à l'autre, si un jour il se marie, ce sera avec une clown. Alors, si c'est pour avoir des artistes de cirque au magasin qui jonglent avec les fioles de poison ou font du hula-hoop dans des cordes de pendus, ce n'est pas la peine...

Vincent Tuvache, concentré, mâche tel un ruminant. Lui, que la simple idée d'avaler des aliments faisait, auparavant, vomir la bile de son estomac vide, là, il se régale, mastique longuement et apprécie les sucs de l'agneau suicidé qui coulent dans sa gorge. Assis à la gauche d'Alan, il lui demande, la bouche pleine :

— C'est trois fois *Ploum* qu'il faut chanter avant *tra la la* ?

— Non, deux fois, répond son frère : *Ploum Ploum, tra la la.*

La mère, face à Vincent, est sidérée par l'indifférence des garçons pour le désespoir de leur sœur. Elle écoute, effondrée, son cadet lui conseiller en essuyant son assiette avec du pain :

— Ze me disais que peut-être... avec aussi des rondelles de banane mises à confire dans le zus du gigot que tu parsèmerais de zestes d'orange...

Lucrèce contemple son enfant et ne trouve plus qu'à regretter :

— Mais pourquoi a-t-on testé un préservatif percé ?!

Assise à sa gauche et face à Alan, Marilyn chiale à nouveau et fustige sa génitrice :

— Et moi, maman, pourquoi as-tu voulu que j'aie la mort dans la bouche comme un crotale ? Vous ne prévoyez rien !

— C'est-à-dire que... la prévision de l'avenir, nous... vu notre métier..., s'excuse le père en bout de table. Si tu veux, on est plus habitués au court terme.

Lucrèce n'en peut plus, lance une phrase inédite pour elle :

— Vincent, cesse de te goinfrer ! C'est indécent. Ta sœur souffre !

— Ah bon, pourquoi ? demande Alan.

Mishima regarde le long couteau qui a servi à découper le gigot puis repère sur la poitrine de son petit l'endroit exact où il faudrait planter pour un seppuku. Il est au bord de l'infanticide, mais il se maîtrise et rappelle d'une voix neutre :

— Depuis sa majorité, ta sœur est venimeuse...

— Meuh non ! rigole le cadet des Tuvache. Qu'est-ce que vous croyez ? Pour son anniversaire, z'ai ouvert le frigidaire et remplacé la saloperie dans la seringue par du sérum glucosé comme fait le médecin, en intraveineuse pour Vincent, quand il est trop affaibli.

Il règne un grand silence qui permet d'observer le style de la salle à manger : un canapé violet (la couleur du deuil) devant les rideaux de la fenêtre donnant sur la cité des Religions Oubliées, un buffet ancien datant peut-être du XXIe siècle, un lustre en forme de Saturne avec son anneau au-dessus de la table et au fond, dans un coin, une télé relief qui lors des informations permet de croire que la présentatrice est tout entière et en volume dans la salle à manger pour vous annoncer et vous chier sur la gueule les catastrophes les plus inattendues.

— Qu'est-ce que tu as dit, Alan ?

— Tu le savais, toi, Vincent ?

— Oui, rote l'aîné des Tuvache en s'essuyant les lèvres avec sa serviette.

Les parents ont des étourdissements. Ça rappelle à Lucrèce lorsque, une fois, elle avait respiré par erreur un peu de *Marchand de sable*. Elle croit s'évanouir.

Marilyn n'est toujours pas sûre d'avoir bien compris :

— Vous dites quoi, là ?

Le père, dans un souffle très ralenti et oppressé, gronde tel un orage apparaissant à l'horizon et chargé de pluies acides :

— Tu peux retrouver ton gardien de cimetière, va, Marilyn. Tes baisers sont inoffensifs et tu as trompé, sans le savoir, la clientèle...

La voix de Mishima enfle :

— ... Tout ça parce que ces deux petits fumiers !...

Ses yeux jettent des éclairs :

— ... t'ont fourré un placebo.

Sa langue, dans la bouche, claque comme un tonnerre :

— Faire ça... des Tuvache ! Vous êtes la honte de votre race ! Dix générations dans le suicide, on n'a jamais vu une pareille escroquerie ! Je me disais aussi quand ils revenaient : « Mais pourquoi ne meurent-ils pas ? » Et toi, Vincent, dont j'étais si fier... J'aurais dû t'appeler Brutus ! Tu t'es laissé influencer par ce petit con qui mérite bien, lui, un prénom de pédé anglais. Ah, l'enculé !

— Allons, tu confonds tout, Mishima ! intervient la mère qui a repris ses esprits.

Mais son mari se lève, tend ses grosses pattes de suicideur vers la gorge d'Alan qui s'enfuit en riant dans le couloir où son père le poursuit. Marilyn quitte également la table et cavale aussi après son jeune frère. Les deux coursent Alan. L'un (Mishima) pour l'étrangler, l'autre (Marilyn) pour l'enlacer dans ses bras et lui lancer des « Ô Alan ! ». La mère, n'ayant pas encore intégré une information toute récente, supplie :

— Marilyn ! N'embrasse pas ton frère, surtout si tu l'aimes !

Vincent, assis en face d'elle, lui rappelle :

— Mais maman, puisque c'est du sérum glucosé qu'elle a dans les veines...

— Ah mais oui, oh, là, là !

17.

Le lendemain matin, entre la porte d'entrée du magasin et la fenêtre près du comptoir, huit heures sonnent à la pendule à coucou murale. Au-dessus de son cadran en tôle émaillée apparaît le personnage de la Mort – squelette en bois de tilleul, habillé d'une longue robe blanche et tenant une faux au poing, il chante : « Coucou ! Coucou ! »

La radio, dans la boutique, s'allume automatiquement pour les infos :

— Après la fracture terrestre de la faille de San Andreas près de Los Angeles et le déclenchement des éruptions volcaniques à répétition qui ont répandu leur lave de cendre sur tout le continent au siècle dernier, la vie revient en Amérique. Des scientifiques iraniens ont décelé les premières apparitions de lichen à l'emplacement de New York depuis le Big One. Sport : nouvelle défaite de l'équipe régio...

Lucrèce, en tablier et masque à gaz, lave à grande eau les poisons tombés la veille sur le carrelage et s'interroge : « Won-won-won, won-won-won ? »

Mishima éteint les infos à la radio :

— Qu'est-ce que tu dis ?

Sa femme desserre des sangles et soulève la cartouche filtrante de son masque :

— Alors, qu'est-ce qu'on fait avec Marilyn ? Elle continue comme si de rien n'était ou elle arrête ? Je ne te cache pas que je trouverais ça dommage car il rapportait, tout d'un coup, ce rayon frais. Referme le tiroir-caisse, Mishima.

Son mari s'exécute puis range les cordes en réfléchissant. Il balaie, ramasse avec une pelle à poussière les débris du bocal et les bonbons qu'il déverse en tas sur le comptoir. Puis il commande à Alan :

— Retire les bouts de verre parmi les confiseries. Il ne faudrait pas que des enfants se coupent la langue ! Et toi aussi, fais attention de ne pas te blesser avec un éclat. Je ne sais pas..., avoue-t-il à sa femme.

Marilyn en robe de travail lamée, décolletée et moulante, lève les bras, ce qui accentue à la folie la pureté du dessin de ses formes. Reins si creusés, ventre tellement étiré, fesses outrageusement arrondies, pointes de ses seins galbés très relevés parce que, en haut d'une échelle, elle raccroche les derniers petits tableaux de la frise des pommes :

— Voilà, c'est fait ! Avant l'ouverture, pendant que vous réfléchissez, j'ai presque une heure pour aller voir si Ernest est arrivé au cimetière et lui annoncer la bonne nouvelle.

— Oh, putain ! s'exclame Mishima sous l'échelle.

Sa fille, pensant lui avoir fait tomber un tableau sur la tête se penche vers lui :

— Quoi ?

D'une paume, son père se frappe le haut du front dégarni :

— J'ai fait une connerie...

Lucrèce, en gants de chirurgien et rinçant une serpillière dans un seau, se redresse :

— Quoi ?

— Hier soir, dans la panique, j'ai donné un Smith and Wesson jetable à Ernest.

— Quoi ?!

La mère est stupéfaite et Marilyn, sur son échelle, en a les pieds qui s'écartent. Alors, elle glisse le long des montants jusqu'au sol. Sa robe élastique, tout à l'heure si sexy, bouffe brutalement, se gonfle comme un parachute ridicule.

— Mais papa, il faut faire quelque chose !

— Quoi ?

— Mon amour, la nuit dernière avec ton revolver... (elle en bégaie), il s'est peut-être ti... il s'est peut-être tir...

— Quoi ?

Le père abasourdi refuse d'entendre l'inévitable, sans doute, tandis que Lucrèce, retirant ses gants de chirurgien, prend les choses en main :

— Je sais ce qu'on va faire, Mishima.

— Quoi ?

— Va vite demander chez le fleuriste *Tristan et Iseut* s'ils l'ont vu passer ce matin pendant que je file chez sa mère, tour Moïse. Marilyn, cours au cimetière et toi, en attendant notre retour pour l'ouverture, on te confie le magasin.

Alan se retourne et s'étonne :

— Quoi ?

18.

À bientôt neuf heures, Lucrèce et Mishima reviennent ensemble mais ils entrent par la petite porte arrière de cet ancien lieu de culte devenu Magasin des Suicides. Leur cadet ne les a pas entendus entrer car, oreillettes d'un baladeur au creux des tympans dont les parents perçoivent le grésillement, il écoute une chanson optimiste et fredonne les paroles en s'affairant :

— *Il en faut peu pour être heureux, vraiment très peu pour être heureux !...*

De sa main gauche, l'enfant blond et bouclé claque des doigts en rythme devant la fenêtre où il a poussé les pochettes surprises. De sa main droite, il soulève chacun des bonbons acidulés, regarde, en jette en moyenne un sur deux dans le seau de Lucrèce où ils se dissolvent parmi les eaux empoisonnées.

— *Il en faut peu !...*

« Qu'est-ce qu'il fait ? » murmure Mishima à l'oreille de Lucrèce qui lui répond : « Il repère par transparence dans la lumière les bonbons fourrés au cyanure et les jette. »

— Oh, le...

Mais Mme Tuvache plaque une paume contre la bouche de son mari qui, dans un maladroit mouvement d'humeur, a bousculé au bout de la double gondole centrale une corde enroulée. Celle-ci choit sur le carrelage dans un bruit mat.

Alan, devant la fenêtre, se retourne. Bouille pouponne constellée de taches de rousseur, il retire une oreillette, écoute, remarque la corde tombée au sol. Abandonnant le comptoir et toujours en fredonnant, il s'empare d'une lame de rasoir exposée puis va ramasser la corde dont il tranche des fibres au hasard :

— *Il en faut peu pour être heureux ! Vraiment très peu...*

Il creuse, au tempo de la chanson, des entailles autour du nœud coulant puis, ayant mouillé de salive un index, il glisse celui-ci sur les fibres pour dissimuler son sabotage et range la corde parmi les autres. Les parents cachés derrière l'escalier sont outrés mais ils continuent d'espionner leur enfant qui retourne vers le comptoir en zozotant et imitant de manière comique la danse chaloupée de l'ours heureux :

— *Ç'assez de votre esprit tous vos soucis ! Prenez la vie du bon côté et vous serez un ours très bien léc'é !*

Il use sur un parpaing moulé par son père le tranchant de la lame de rasoir puis lorsque celle-ci, émoussée, est devenue inoffensive il la range avec les autres.

Il ouvre quelques pochettes en plastique transparent des kits de suicide Alan Turing à l'intérieur desquelles il remplace les pommes par de nouvelles.

— Où les a-t-il trouvées ? chuchote Mishima.

— Dans la corbeille à fruits de la salle à manger.

— J'espère qu'il ne va pas mettre les autres à la place... Ah, le fumier !

M. Tuvache émerge en grondant de sous l'escalier. Le personnage de la Mort sort de la pendule à coucou et chante neuf heures : « Coucou ! Coucou !... » La radio s'allume automatiquement pour les infos :

— Météo ! Le temps se gâte. On annonce des pluies d'acide sulfurique...

Le père coupe la radio, s'adresse à son cadet surpris qui retire les oreillettes de ses tympans pour entendre son géniteur tonner :

— Alors, pour toi, c'est décidé !...

Là-haut, contre le mur, le personnage de la Mort continue d'égrener sa série de neuf doubles « Coucou » agaçants pour indiquer l'heure. Mishima lui lance une pomme empoisonnée. La Mort bousculée en perd sa tête en bois de tilleul et le fruit fatal s'empale sur la lame de la faux, « Couc ! » La pomme et le personnage désaxé, décapité, bloquent la fermeture des petites portes arrondies et sculptées au-dessus du cadran alors que le fruit goutte son jus sur la robe de la Mort.

La langue de Mishima tournoie dans sa bouche à

la vitesse des pales d'un ventilateur, alors les boucles d'Alan s'envolent. Frimousse adorable, il plisse les yeux sous le vent de la colère paternelle :

— Tes deux semaines de vacances scolaires d'hiver, tu les passeras à Monaco en stage de commando suicide !

Lucrèce arrive en se tenant la tête dans les mains :

— Oh non, Mishima ! Pas Monaco. Quand même pas !

— Si !

La mère de famille supplie son mari :

— Mais chéri, là-bas, ce ne sont que des dingues, des fous de haine et de brutalité alors que lui est si... tellement...

— Ça lui mettra un peu de plomb dans la tête et ainsi la vocation va entrer ! clame le père qui continue ensuite vers son fils : Va préparer tes affaires ! N'emporte pas de CD. Ce n'est pas un endroit où ils écoutent des chansons, les kamikazes !

Lucrèce est catastrophée mais Alan, lui, voit le bon côté de cette punition :

— À Monaco ? Alors il fera chaud là-bas. Je vais prendre aussi de la crème solaire et un maillot de bain pour si on allait se baigner...

19.

— Mais que vous arrive-t-il, Ernest ? Vous voilà tout pâle !

— Aaah !... C'est ce masque, belle-maman ! J'ai cru mourir de peur quand je l'ai vu.

— Le masque inventé par Vincent vous fait cet effet-là ? s'étonne Lucrèce.

— Mais pourquoi construit-il des horreurs pareilles ? tremble le jeune gardien de cimetière en s'asseyant sur une marche pour tenter de s'en remettre.

— C'est mon Alan (le pauvre, pourvu que...) qui, avant de partir en stage, lui a conseillé d'évacuer ses angoisses en bâtissant des masques qui représenteraient les monstres de ses cauchemars...

— Eh bien, dites donc... Hou...

— Mon fiancé est émotif, s'extasie Marilyn venant s'asseoir près de lui et le prenant dans ses bras. Mon bébé...

— Eh bien, dites donc, pour un gardien de cimetière..., commente Mishima qui s'approche aussi.

— Non mais là... il faut qu'il consulte, Vincent !

se justifie l'amour de la fille Tuvache. Parce que c'est grave...

— Oooh, minimise Lucrèce, il a enfin trouvé l'appétit et maintenant n'arrête plus de bâfrer. C'est déjà ça. Et puis vous savez, Ernest, nous, chez les Tuvache, les psychiatres... on ne les aime pas tellement...

— Oui mais quand même, là... Hou... Vous n'auriez pas un petit verre d'eau-de-vie par hasard ?

— De l'eau de ? Ah non, on n'a pas ça en rayon, s'excuse Mishima. En revanche, les masques, je me dis que s'ils peuvent produire cet effet... pour les gens trop sensibles ou fragiles du cœur... faudrait voir ! conclut-il alors que tintinnabule le squelette en petits tubes de fer qui sert de clochette à la porte d'entrée.

Une dame rondelette et frisée entre.

— Tiens, madame Phuket-Pinson ! chantonne Lucrèce en se dirigeant vers elle. Vous venez pour que je vous règle notre petite note laissée à la boucherie ?

— Non, ce n'est pas ça. C'est pour moi...

— Ah bon ? Mais que se passe-t-il ?

— J'ai appris que depuis que je suis malade, mon mari est l'amant de la serveuse de chez Vatel. Alors je veux en finir avec l'existence. Déjà que j'étais très embêtée par mes ennuis de santé...

— Mais oui... des problèmes cardiaques, je crois..., susurre hypocritement M. Tuvache venant à son tour, portant à la main un sac d'emballage avec le masque de Vincent dedans. Tenez, madame Phuket-Pinson, fermez plutôt les yeux sans tricher que je vérifie un truc...

La bouchère ronde, docile et résignée comme une bête à l'abattoir, baisse ses paupières aux longs cils de veau. Mishima lui noue les cordons de l'encombrant masque derrière la nuque puis tend un miroir à cette commerçante de chair d'animaux décédés :

— Regardez-vous maintenant.

Mme Phuket-Pinson soulève ses paupières et découvre sa nouvelle apparence dans la psyché :

— Aaah !...

Des joues en carcasse de volaille que Vincent a dû récupérer et racler dans la poubelle de la cuisine, une peau de serpillière usée au front et au menton, un nez en bec de poulet qui crie. De chaque côté, les yeux sont des hélices en plastique vert et rose comme on en vend depuis des siècles autour des bassins d'eau des jardins publics. Elles tournent et font de la musique. Deux guirlandes de dents clignotent – les lumières d'une décoration à pile de sapin de Noël – entre des lèvres démolies constituées d'éclats d'os d'un gigot ayant subi une fracture ouverte ! Les nuits de Vincent ne doivent pas être reposantes. La vision de ses cauchemars épouvante la rondelette cocue cardiaque qui découvre aussi le spectacle du fouillis de laine multicolore de sa chevelure hirsute parsemée de fausses araignées et autres bêtes venimeuses. Grâce à un astucieux système, une fumée s'échappe des yeux et tournoie dans le mouvement des hélices.

— Aaah !...

La bouchère tombe, raide. Mishima s'agenouille près d'elle puis se penche :

— Madame Phuket-Pinson ? Madame Phuket-Pinson !

Il se relève et doit bien le reconnaître :

— Ça marche.

20.

Marilyn contamine par sudation, du moins c'est ce qu'elle dit. Elle serre la main des clients :

— La Mort vous salue, monsieur.

Un jeune désespéré chétif à l'air malin, unique client présent dans le magasin et face à elle, s'en étonne – « C'est tout ? Vous croyez que ça va suffire ? » – tandis que la fille Tuvache glisse les doigts de sa main droite dans un gant en laine polaire pour que sa paume transpire :

— Mais oui, mais oui, répond-elle avec aplomb. Ma sueur tueuse aura pénétré vos pores et bientôt vous serez...

L'autre revendique :

— Je ne peux pas avoir aussi un petit bisou de la part de la Mort ?

— Bon, un petit bisou, oui.

Elle se penche puis lui imprime sur une joue la trace sensuelle de son rouge à lèvres. Le client manifeste sa déception :

— Non mais, je voulais dire, là, sur la bouche

avec la langue et la salive, comme vous faisiez avant... C'est pour plus de sûreté.

— Ah non, c'est fini, ça !... se dresse sur son trône la blonde pulpeuse dans sa robe lamée, car je suis maintenant fiancée au gardien du cimetière, avoue-t-elle en rougissant et battant les longs faux cils de ses yeux très maquillés.

L'autre se disant que, décidément, son existence aura été « Pas de bol ! » va régler à la caisse :

— Je dois combien ?

— Douze euros-yens.

— Douze ?! Eh bien, dites donc, il y en a qui gagnent bien leur vie... Ça vous serre la pogne et ça a gagné douze.

— Oui mais après, vous êtes mort, justifie M. Tuvache.

— Ah ben, j'espère ! À ce tarif-là...

Et le client que tout déçoit s'en va sous les petits tubes de fer du squelette tintinnabulant à la porte. Le père, gêné dans le magasin, hoche la tête. Dix-sept heures pile ! Dans la pendule à coucou, le personnage décapité et démoli de la Mort en bois de tilleul, resté coincé entre les battants au-dessus du cadran, hoquette en secouant la lame de sa faux plantée dans une pomme moisie : « Couc ! »

Mishima lève la tête et commente :

— C'est ridicule... De toute façon, plus rien ne va ici.

La radio s'allume : « Cata ! Le gouvernement régional promet des attaques terroristes par nos commandos suici... », il l'éteint : « Commence à me faire chier aussi, cette radio. »

— Mais chéri, c'est toi qui as voulu qu'on la programme pour qu'elle se mette automatiquement en marche à l'heure des infos et s'éteigne d'elle-même dès qu'arrivent les chansons et les émissions de variétés. Tu disais que pour les cli...

Lucrèce, angoissée et assise devant la caisse, se mord une lèvre en tordant d'inquiétude ses mains parce qu'elle aurait bien écouté, elle, la suite des news pour savoir ce qui se passe.

Son mari, quoique à demi chauve beau comme un empereur romain, scrute Marilyn au fond du magasin qui, gantée de laine polaire, feuillette négligemment les pages d'une revue féminine au rayon frais :

— Ce n'est pas honnête ce qu'on fait. Mes ancêtres, honteux, doivent s'en retourner dans leur tombe. Et dire qu'en plus, maintenant, on vend des masques comiques de carnaval... Cette boutique qui avait de la tenue ressemble de plus en plus à un magasin de farces et attrapes.

— Mais non, c'est pour que les gens meurent de peur...

— Oh, ça va, Lucrèce ! Ils font mourir qui ? Une cardiaque qui sort de l'hôpital, ils impressionnent un gardien de cimetière émotif mais sinon... Tu le sais aussi bien que moi, les gens nous les achètent pour amuser tout le monde lors d'anniversaires.

— Peut-être qu'ils meurent de rire en soufflant les bougies...

— Mais bien sûr, il faut que t'aies toujours rai-

son, toi ! Et puis si tu crois que je ne te vois pas, dès
que j'ai le dos tourné, trier les bonbons à la lumière
de la fenêtre... Je suis certain qu'il n'y en a plus un
seul d'empoisonné dans ce bocal ! Quand je des-
cends à la cave, je t'entends les offrir par poignées
aux enfants en leur essuyant les yeux avec un mou-
choir. Je t'écoute leur dire : « Ça va aller, ça va aller.
Rentrez gentiment chez vos parents qui doivent s'in-
quiéter... » Ah non, tout fout le camp et toi aussi tu
barres de traviole, ma pauvre Lucrèce... Et je sais
depuis quand tout se dérègle ! Mais pourquoi a-t-on
voulu tester un préservatif troué ?! Qu'est-ce qui est
là, scotché à la caisse devant toi ?

— Une carte postale d'Alan qu'on a reçue ce
matin..., répond la mère fébrile.

— Fais voir. Qu'a-t-il choisi comme illustration ?
Un hologramme de bombe, bon... Ah mais, évidemment, il a fallu qu'il dessine un sourire dessus !!!

— Ah oui ?

— Tu ne l'avais pas remarqué, Lucrèce ? Avant,
tu l'aurais remarqué..., continue Mishima, carte postale à la main, en descendant à la cave vers un sac
de ciment pour mouler des parpaings à noyade ou
défenestration. Ah ! cet enfant, j'espère qu'ils vont
savoir nous le redresser... ou qu'il sera un martyr.

Lucrèce autophage se mange les ongles en regardant loin devant elle...

21.

Mishima rabat au-dessus de lui la trappe de la cave, allume une ampoule pâlotte puis descend l'escalier de vertige où s'abîme son âme. Il tient à la main la carte postale hologramme d'Alan et sous la clarté de fin d'après-midi hivernal du soupirail, adossé contre un mur, il la lit :

Chers maman, papa, je vous aime...

Mishima en a le cœur traversé de lumière. Ce, parfois, rouleur de mécaniques au magasin ou à l'étage ne la ramène plus quand il est seul au fond de la cave à lire les mots de son cadet :

Ne vous en faites pas pour moi. Ça va sûrement bien se passer...

Ah, cet éternel optimiste, ce lutin rose ! Le jour décroît, la nuit augmente. Le ciel se ferme lentement comme une boîte. C'est l'heure où les douleurs des malades s'aigrissent, la nuit sombre les prend à la gorge. Sous terre comme où sont les décédés, en un autel au fond de sa détresse, Mishima pousse une note plaintive, une note bizarre s'échappe :

— Alan...

C'est un peu plus qu'un songe et moins qu'un murmure. Du sable à parpaing fuit entre ses doigts. C'est comme une eau froide qui monte, c'est comme une honte qui croît. Depuis une semaine, chaque nuit, pris d'un cauchemar énorme, il se débat comme un nageur. Dans son lit, à gauche, à droite, il ne trouve qu'insomnie. Et même quand il dort, il crie :

— Alan !!

Par l'ouverture à barreaux de la cave, il entend, au-dessus, des bruits de talons sur le trottoir. Il lui semble, bercé par ce choc monotone, qu'on cloue un cercueil quelque part. C'est le crépuscule. Les graviers bleuissent. C'est toujours un peu le soir pour quelqu'un dans le monde, toujours pour quelqu'un l'heure de ce frisson dans les épaules. « Je n'en peux plus, dit la pluie d'acide sulfurique. Je n'en peux plus de tout ce qui se passe. » Mishima se croyait libre sur un fil d'acier quand tout l'équilibre venait du balancier. Alan lui manque. Rien ne fait contrepoids. Dehors, le cri du tram – un doigt pris aux fils électriques – et au fond de la cave tout paraît suicide qui n'ose. Le sable fin, vaguement étoile. Mishima se sent tel ce parpaing devant lui qui n'a plus de loi que son poids. Un vêtement abandonné d'Alan, sur une chaise, repose. Il s'en empare, enfouit sa tête dedans, y vide son cœur qui a un réservoir de larmes.

L'a-t-elle entendu sangloter ?... Lucrèce, près de la caisse du magasin, soulève la trappe et demande dans la pénombre :

— Mishima, ça va ? Mishima !...

22

— Il n'y a pas beaucoup de clients ce matin...

— Oui, c'est mort.

— C'est peut-être à cause de la victoire de l'équipe régionale hier.

— Peut-être...

Un jeune clochard entre au Magasin des Suicides. Il porte un grand manteau sale qui le boudine par-dessus un amas de tricots en loques. Un pantalon taché s'avachit le long de ses jambes. Les pieds enveloppés dans des sacs-poubelle déchiquetés, il demande d'une voix rauque qui tousse :

— Je voudrais me tuer mais je ne sais pas si j'en ai les moyens. Qu'avez-vous de moins cher ?

Mishima, pull rouille à col en « V » sans manches par-dessus une chemise bleu pétrole, lui répond :

— Ceux qui n'ont pas le sou s'étouffent avec nos sacs d'emballage. Ils sont très résistants. Tenez, voici aussi un bout de ruban adhésif pour le fermer hermétiquement autour de votre gorge.

— Je vous dois combien ?

— Oh, ça va..., sourit, d'un rictus en coin,
M. Tuvache.

Le jeune clodo aux dents pourries, sous un bonnet
chinois de laine rouge d'où s'échappent des cheveux
poussiéreux et ternes, regrette :

— Si j'avais plus souvent rencontré des gens
aussi désintéressés que vous, je n'en serais pas là...
ou si je vous avais eu pour parents attentifs et protec-
teurs...

Entendant cela, Mishima s'agace :

— Ça va !

Mais le SDF reconnaissant insiste en exhibant le
sac d'emballage offert :

— Pour vous remercier, je l'enfilerai sur le banc
d'en face. Les passants liront le nom du magasin
autour de ma tête et ça vous fera un peu de réclame.
Je serai en quelque sorte votre homme-sandwich.

— C'est ça..., fatigue Mishima en lui ouvrant la
porte et ressentant le froid du dehors. Hou, sortez
vite, ça pince !

La porte refermée, M. Tuvache, fébrile et fié-
vreux, croise les bras et frotte les mains sur sa chemise, des épaules aux coudes, pour se réchauffer. Il
déplace un peu les pochettes-surprises devant la
fenêtre près de la caisse, glisse une paume sur la
buée du carreau.

Il regarde, dehors, le jeune SDF rejoindre le trottoir d'en face et s'asseoir sur un banc. Il le voit glisser sa tête dans le sac dont il rassemble l'ouverture à
sa gorge qu'il entoure du ruban adhésif. On dirait un
bouquet de fleurs dans un col. Le bouquet bientôt

bat. Ce sac d'emballage hermétique gonfle, se tasse, gonfle. Le nom de la boutique claque comme sur un ballon de baudruche : *Le Magasin des Suicides*. Les pieds croisés, les mains enfouies dans les poches de son lourd manteau et la tête rentrée, il s'étouffe, penche sur un côté. On peut maintenant lire sur l'autre face du sac : *Vous avez raté votre vie ? Avec nous, vous réussirez votre mort !* Le gars tombe sur le trottoir.

Lucrèce s'approche d'une épaule de son mari comme glissant sur des rails, elle regarde aussi. Extraordinairement digne, son port de tête sur un cou d'oiseau n'est que noblesse. Au-dessus de son chemisier de soie rouge entrouvert, le balayage d'une mèche châtain à son front donne de l'élan à sa coiffure. On la dirait dans un souffle. Sa bouche longue, un peu crispée, s'étire et ses yeux sombres plissent comme si elle voyait mal ou comme si elle regardait très loin, tellement loin devant elle :

— Au moins là-bas, lui, n'a pas froid.

— Qui ?...

Mishima remet en place les pochettes-surprises, se retourne. À travers le plafond du magasin, il perçoit des sanglots convulsifs coupés de ricanements, de malédictions, de cris.

— Vincent crée tôt, constate le père. Et Marilyn, toujours pas descendue ?...

— Elle traîne au lit avec Ernest, lui répond sa femme.

« Aaah ! Wu ! Whua !!! » Dans sa chambre, Vincent, en djellaba grise illustrée d'explosifs, a mal à la tête : « Alan ! » Il lui semble que son crâne va éclater, que des débris d'os vont se trouver projetés partout. Il a tant renforcé le si long bandage épais autour de son cerveau qu'il paraît être un fakir au visage barbu implosé. Vincent – cette blessure humaine à la face rouge sanglant d'artiste en crise – tourne des yeux de tournesols éventrés et tous ses traits marqués sont un formidable embrasement d'escarbilles qui giclent en flammèches. Quoiqu'il ait un peu grossi, il n'est toujours que chair à vif et nerfs, le jet violent d'un déchiré de la vie. Une figure, brique surchauffée, d'aliéné souffrant d'hallucinations. Une onde le parcourt devant un masque fou labouré et pressé de tous les côtés par son pinceau en ébriété. Mêlés au tumulte des matières hétéroclites du déguisement, le rayonnement et les vibrations de ses teintes, avec la couleur saisie comme telle que pressée hors du tube, dégueulent et crient : « Alan ! » Accrochée à la lampe de sa table de travail, une carte postale hologramme de son petit frère sur laquelle on peut lire : « Tu es l'artiste de la cité. »

De l'autre côté de la cloison mitoyenne, dans la chambre à droite, Ernest, par-dessus le ventre de Marilyn, danse amoureusement. Incliné sur elle, il a l'air caressant un tombeau. Et quand l'eau de la bouche de sa belle remonte au bord des dents, il la boit, lui dit : « Toi, qui comme un couteau es entrée dans mon cœur. » La beauté de leurs caresses voilées de vapeurs roses. Et la fille Tuvache remuant les lèvres. Des fleurs se pâment dans un coin. Les sons et les parfums tournent dans l'atmosphère ; valse mélancolique et douloureux vertige. Les seins de Marilyn, tels des boucliers, accrochent des éclairs. Le gardien de cimetière en trébuche sur les mots comme sur des pavés : « Je-je-je t'aime ! » Il l'enlace et berce son âme. Le sourire éternel des trente-deux dents de la fille l'entraîne en des lieux qui ne sont pas connus. Elle lui fait l'effet d'un beau vaisseau qui prend le large. Lui éventant les seins et le coude dans les coussins, sa sirène sans corsage a un bel air de fête. Amoureuse fervente aussi, elle lève la tête, se renverse. Punaisée au mur, une carte postale : « C'est toi la plus belle. »

Lucrèce, Marilyn, Mishima, Vincent... À tous, il leur manque Alan comme il manque un sens à l'existence.

23.

— Coucou !

Le père surpris lève la tête vers la pendule du magasin – « Tiens, elle remarche celle-là ? » – puis baisse les yeux :

— Ah, c'est toi !... Mais qu'est-ce que tu fais là ?

Devant la gondole des poisons, la mère emballe une fiole pour une vieille au corps tordu. Ce monstre disloqué qui fut jadis une femme se plaint : « C'est long de vieillir au bout du compte. » Devenue aussi petite qu'un enfant, il semble que cet être fragile, sac d'emballage à la main, s'en va tout doucement vers un nouveau berceau. Elle pourrait faire un fleuve avec ses pleurs. Lucrèce se retourne :

— Alan !

Baluchon sur une épaule, cheveux au vent, son benjamin est près de la caisse et le magasin, brusquement, semble traversé d'un rayon d'été. La mère se précipite vers lui :

— Mon petit, tu es en vie !

Les retentissantes couleurs dont il parsème sa toilette projettent l'image d'un ballet de fleurs et l'espérance brille au carreau. Marilyn, au rayon frais, serre vite la main d'un client dont elle se débarrasse :

— Hop là ! La Mort vous salue aussi, vous !

Puis elle court vers son petit frère en balayant l'air de sa jupe large. Son cœur bat la charge comme un tambour :

— Alan !!

Elle l'embrasse, lui caresse les joues, serre les mains, glisse ses doigts nus sous le sweat-shirt de l'enfant, touche sa peau. Le client de Marilyn s'étonne :

— Vous tuez aussi votre petit frère ?

— Hein ? Mais non !

Le client chagrin paie douze euros-yens, ne comprend pas. Il frôle Alan, ébloui par la santé qui jaillit comme une clarté de ses bras et de ses épaules. Il sort derrière l'aïeule déconfite. La mère crie et appelle :

— Vincent ! Vincent ! Viens voir ! Alan est revenu !

Boîte de chocolats à la main et mâchant, Vincent apparaît en haut des marches près de la petite porte qui donne sur l'escalier à vis de la tour de cet ancien édifice religieux (église, temple, mosquée ?...). La bise soufflant sous la porte envole le bas de sa djellaba décorée de bombes atomiques. Alan grimpe les marches, enlace son grand frère :

— Dis donc, tu as pris des joues, l'artiste de la cité !

Celui-ci – ce Van Gogh enturbanné – scrute le

sweat-shirt de son cadet illustré d'un dessin qui l'intrigue. On y voit au fond d'un aquarium une lettre sur laquelle on lit : *Goodbye*. Au-dessus de l'ouverture du bocal, un poisson rouge goutte et s'envole, accroché au fil d'un ballon de baudruche. Un autre poisson resté dans l'eau fait des bulles et lui crie : *No, Brian ! Don't do it !*

Vincent ne rit pas :

— C'est quoi ?

— De l'humour.

— Ah !

Mishima, venu en bas des marches, renverse son crâne en arrière et demande, là-haut, à Alan :

— Pourquoi es-tu rentré plus tôt ?

— Z'ai été renvoyé.

L'enfant dont l'œil étonne par sa franchise, partout à l'aise comme l'air dans le ciel et l'eau dans la mer, descend l'escalier qu'il recouvre d'un tapis triomphal avec ses rires :

— Ze m'amusais beaucoup là-bas mais ça énervait les instructeurs. Sinon, les autres élèves bombes humaines comme moi, z'ai su les détendre. Quant on défilait la nuit, vêtus de drap blanc et capuçonnés d'une cagoule pointue percée de deux trous pour les yeux, ze racontais des blagues qui les faisaient se bidonner sur les pains de plastic scotchés à leur ventre. Pendant qu'ils faisaient pipi dans les dunes de Nice, ze ramassais des roses des sables et quand ze leur ai dit que c'était de la pisse de chamelle mêlée à du sable et sculptée par le vent, ils ont trouvé la vie merveilleuse. Ils sont rentrés en chantant : *Boum ! Mon cœur fait boum !*... Le responsable du stage commando-suicide était catastrophé. Ze zouais à faire semblant de ne zamais rien comprendre à ses explications techniques. Il s'arrachait les ceveux et la barbe. Un matin, à bout de nerfs, il s'est ceinturé d'explosifs, a pris le détonateur dans sa main et m'a dit : « Regarde bien car je ne te ferai la démonstration qu'une seule fois ! » Et il s'est explosé. On m'a renvoyé.

Mishima hoche d'abord verticalement la tête en silence. Il est comme un acteur qui ne sait pas retrouver les mots de son rôle. Puis il a un va-et-vient latéral : « Mais qu'est-ce qu'on va faire de toi ? »

— Tu veux dire pendant le reste des vacances ? Il m'aidera à préparer les poisons ! s'enthousiasme Lucrèce.

— Et il fera des masques avec moi, dit Vincent en haut des marches.

24

— Hou ! Hou ! Ah, mais que c'est drôle, hou !
Ah, j'ai mal au ventre. Hou !... Je ne peux plus respirer ! Ah !...

Un petit homme chétif à moustaches et chapeau,
habillé tout en gris, était entré tristement dans la
boutique. Lucrèce lui avait présenté un masque
confectionné par Vincent et Alan.

— Hou ! Hou ! Ah, mais qu'il est drôle ! Hou !...
Oh, cette tête d'abruti, oh !...

Mishima, dos courbé, accablé sur une chaise, les
avant-bras posés sur les cuisses écartées et les doigts
croisés entre les genoux, lève lourdement son front
vers ce client matinal, le premier de la journée. Il le
voit de face s'esclaffer au spectacle du masque que
lui présente Lucrèce tournant le dos à son mari. Et le
client rit portant une main à sa bouche :

— Oh ! Mais comment a-t-on pu donner naissance à ça ?! Oh !

— Mes garçons ont fait le masque cette nuit.
C'est bien fichu, non ?

— Ah ! Mais quelle tête de con. Et les yeux qu'il

a ! Bouh ! Et son nez ! Oh, là, là, regardez son nez...
Mais ce n'est pas possible, ça !

Le client se plie de rire devant le déguisement
facial qu'exhibe à hauteur de poitrine et face à lui
Mme Tuvache. Il en suffoque, tousse, éructe :

— Oh non, mais dites-moi, vivre avec une tête
pareille ! Ce n'est pas un coup à se faire des amis,
ça. Ouh ! Et une femme ! Connaissez-vous une seule
femme qui voudrait d'un mec comme ça ?! Ah !
Même un chien, même un rat n'en voudrait pas, ah !

Le client pleure de rire, essaie de retrouver son
souffle :

— Faites voir encore. Oh, je n'en peux plus !

— Détournez les yeux alors, lui conseille
Mme Tuvache.

— Non, ma décision est prise. Bouh ! Et qu'il a
l'air minable. Ce doit être un connard, ce gars-là !
Même un poisson rouge préférerait s'envoler du
bocal plutôt que de rester face à lui ! Aaah !

Le client se pisse dessus de rire. Il en fait dans son
pantalon :

— Oh, pardonnez-moi ! J'ai honte. J'avais entendu
dire que vous aviez des masques grotesques mais
alors, celui-là... Aaah !

— Voulez-vous en voir d'autres ? lui propose
Lucrèce.

— Oh non, vous ne pourrez jamais rien me mon-
trer de pire. Hou ! Ah, le con ! Ah mais qu'il crève,
qu'il crève, ce sale con ! Il ne manquera à personne,
ce connard !

Mishima, jusque-là le regard vague et abattu, fixe

son attention sur ce client spécial qui se détruit de rire devant le masque :

— Mon cœur ! Aaah !... Ouh, mais qu'il a l'air bête. Hou !...

Il se congestionne, se tétanise, bras pliés sur la poitrine et les doigts tendus en étoile, s'abat sur le carrelage en gueulant au masque :

— Connard !!!

Mishima se lève, fait ses comptes :

— Et de deux... Mais qu'ont-ils encore inventé ?

Lucrèce se retourne et lui présente un masque en plastique blanc impersonnel sur le nez duquel Alan et Vincent ont collé un miroir.

25.

— Apprenez à vous contempler dans le reflet que renvoie ce masque, mademoiselle. Regardez-vous encore et apportez-le c'ez vous. Vous le mettrez dans votre salle de bains ou sur votre table de nuit.

— Oh, là, là, non merci ! J'ai déjà vu assez d'horreurs...

— Mais si, insiste Alan face à la caisse. Apprenez à vous aimer. Allez, encore une fois pour me faire plaisir.

Il soulève le masque miroir devant la jeune femme qui détourne vite la tête :

— Je ne peux pas.

— Mais pourquoi ?

— Je suis monstrueuse.

— Comment ça ? Qu'est-ce que vous me ç'antez là ? Vous êtes comme les autres : le même nombre d'oreilles, d'yeux, de nez... La différence, c'est quoi ?

— Tu le vois bien, petit. Mon pif est tordu et long. Mes mirettes sont trop rapprochées et j'ai des joues énormes pleines de boutons.

— Oh, là, là, que d'histoires ! Faites voir...

Alan ouvre le tiroir sous la caisse et en sort, déroule un mètre de couturière. Il dépose l'embout métallique d'une extrémité du ruban entre les yeux de la cliente et l'étend jusqu'à la pointe du nez : « Bon, sept centimètres. Ça devrait en faire combien, cinq ? Et l'espace entre les yeux, mesurons ça. Ils devraient être plus écartés de combien ? Un centimètre, pas plus. Les zoues... combien ont-elles en trop ? Ne bouzez pas que ze place bien ça sous le lobe de l'oreille. Moi, ze dirais quatre centimètres d'excès.

— Chacune.

— Oui, chacune, si vous voulez. Mais enfin ça fait quand même peu de millimètres comparé à la taille de l'univers. Il n'y a quand même pas de quoi se foutre en l'air ! Que ze sache, quand ze vous ai vue entrer, ze n'ai pas découvert une extra-terrestre avec huit tentacules à ventouses et des yeux ronds au bout d'antennes de douze mètres ! Ah, vous souriez... Ça vous va bien de sourire. Regardez comme ça vous va bien, dit-il, soulevant le masque en plastique blanc devant la cliente qui, aussitôt, fait la tronche.

— Mes dents sont affreuses.

— Mais non, elles ne sont pas affreuses. Plantées de traviole, elles vous donnent un air éternel de petite fille qui n'a pas eu d'appareil. C'est touçant. Souriez.

— Tu es gentil.

— C'est vrai qu'il est sympa..., commente d'un

murmure une voix grave assez loin du dos de la jeune femme,... parce qu'elles ne sont quand même pas terribles, ses dents.

— Chut...

Mishima et Lucrèce, debout côte à côte devant l'étagère des lames de rasoir et les bras croisés, observent en silence leur fils qui tente de fourguer un masque à cette cliente dont ils ne voient que le dos sans taille et son gros cul, ses jambes comme des poteaux. Des vilains traits de son visage disgracieux, ils en découvrent le reflet dans le miroir du masque blanc que lui présente Alan.

— Souriez. C'est normal ce qui vous arrive. Z'ai souvent entendu ici des gens dire qu'ils ont commencé par ne plus pouvoir se regarder dans les glaces des drugstores puis qu'ils déciraient les photographies d'eux-mêmes. Souriez, vous êtes regardée !

— J'ai plein de boutons.

— Des boutons d'inquiétude... Quand vous serez plus détendue, ils s'effaceront.

— Les collègues me trouvent sotte.

— C'est parce que vous manquez de confiance en vous. Alors ça rend gauce, fait dire des çoses à contretemps. Mais si vous apprenez à apprivoiser le reflet de ce masque et à l'aimer... Regardez-la, cette personne devant vous. Regardez-la. N'ayez pas honte d'elle. Si vous la croisiez dans la rue, voudriez-vous la tuer ? Qu'a-t-elle fait pour qu'on la haïsse tant ? Elle est coupable de quoi ? Pourquoi est-ce qu'on ne l'aimerait pas ? Ayez d'abord, vous,

de l'amitié pour cette femme et les autres en auront
peut-être ensuite !

— La vache, tout ça pour un masque à cent
euros-yens !... Je dois reconnaître qu'il a le sens de
la vente et qu'il n'économise pas sa salive, apprécie
Mishima.

La jeune femme déconcertée regarde à droite et à
gauche :

— Je ne me suis pas trompée ?... Je suis bien au
Magasin des Suicides ?

— Ouh, là, là, oubliez ce mot qui ne mène nulle
part.

— Pourquoi il dit ça ? fronce des yeux, le père.

— La vie est ce qu'elle est. Elle vaut ce qu'elle
vaut ! Elle fait ce qu'elle peut elle aussi avec ses
maladresses. Faut pas trop lui en demander non
plus à la vie. De là à vouloir la supprimer ! Autant
prendre tout ça du bon côté. Et puis laissez ici cette
corde et ce revolver zetable. Angoissée et paniquée
comme vous êtes ces temps-ci, vous allez tirer dans
le nœud coulant, ce sera n'importe quoi. C'est un
coup à tomber du tabouret et se casser le zenou.
Vous n'avez pas mal au zenou, là ?

— J'ai mal partout.

— Oui, mais au zenou ?

— Non, heu...

— Eh bien, à la bonne heure ! Continuez comme
ça. Et que votre zenou s'active pour vous ramener
dans votre tour avec ce visage de femme sur le
masque. Si vous ne le faites pas pour moi, faites-le
pour elle. Quel est son nom ?

La cliente lève les paupières vers le miroir :

— Noémie Ben Sala-Darjeeling.

— C'est zoli comme prénom, Noémie... Aimez Noémie. Vous allez voir, elle est sympa. Apportez son masque chez vous. Souriez-lui, elle vous sourira. Prenez soin d'elle, elle a besoin d'affection. Lavez-la, parfumez-la, habillez-la zoliment, qu'elle se sente mieux dans sa peau. Tentez de l'admettre. Elle deviendra votre amie, votre confidente, et vous serez inséparables. Qu'est-ce que vous allez rire ensemble !... Tout ça pour cent euros-yens. Ce n'est quand même pas cher. Allez, ze l'emballe. Ze vous la confie. Prenez-en le plus grand soin. Elle le mérite.

Pendant le bruit d'ouverture du tiroir-caisse, Mishima regrette :

— Il aurait quand même pu lui facturer aussi la corde et le revolver...

— Tenez, choisissez un bonbon dans le bocal, sourit Alan.

— Ah bon, ils ne sont pas ?... demande la cliente.

— Mais non ! Allez, adieu, la dame qu'a même pas mal au zenou !

26.

Quand Lucrèce, de face, croise les doigts à plat
sur son crâne, ses bras repliés dessinent les paupières
d'un œil dont sa tête serait la pupille centrale. De
chaque côté de ses oreilles, à l'intérieur du pli des
bras, le mur derrière luit d'un blanc de cornée.
Mme Tuvache devient un grand œil fixe posé sur un
buste de femme.

— Au revoir, monsieur.

Près d'elle, Alan est surpris :

— Tiens, maintenant tu dis au revoir aux clients,
maman ?

— Il n'a rien pris. Je lui dis au revoir parce qu'il
reviendra. Quand on entre une fois ici pour regarder,
on revient toujours un jour ou l'autre pour acheter. Il
faut qu'ils apprivoisent l'idée. Ceux qui sont tentés
par la pendaison commencent par sortir avec des
foulards qu'ils nouent de plus en plus fort. Chez eux,
ils s'enserrent d'une main le cou pour sentir les ver-
tèbres, le cartilage, les tendons, les muscles, les
veines qui battent. Ils s'habituent. Il reviendra...

Lucrèce, gardant les mains croisées sur ses cheveux, tourne la tête, l'incline vers la droite. Et l'on dirait que c'est tout le grand œil qui ordonne à l'enfant :

— Tire le rideau de fer, éteins les lumières. On va monter, Alan.

27.

Dans la chambre parentale close, Mishima est à la fenêtre. Pli d'un rideau soulevé par une main, il observe le soleil qui se noie dans son sang et la vie, au balcon des tours, s'effriter à grands pans de philosophie. L'avenir chutant montre sa plaie obscène et, en bas, s'éparpillent les hommes et ce qu'ils ont rêvé.

M. Tuvache, commerçant devenu jaune, mélancolique, aux couleurs du couchant reflétées par ses yeux, se sent désolé, décrépit, poudreux, sale, abject, visqueux, fêlé.

Il se désenchante même de Lucrèce. Tout craque, amour et beauté, jusqu'à ce que l'oubli les jette dans sa hotte pour les rendre à l'éternité. Il aimerait se saouler d'alcool mais ça revient cher et quant à l'acte de chair, c'est une autre histoire à la longue usante. Drôle de musique que cette gymnastique qu'on dit amusante. Et le rébus de ses pensées tourne au charivari.

Il n'y a plus de saison, on a cassé l'arc-en-ciel, plié la neige. Derrière les tours de la cité des Religions Oubliées – ce pays mental – les premières grandes dunes de sable dont le vent souffle parfois des grains sur le boulevard Bérégovoy jusque sous la porte du Magasin des Suicides. Au sol, des projecteurs tournoyants et fantastiques balaient le ciel couvert et la pollution de longs cônes de lumière verte. Les oiseaux pris d'un élan qui s'aventurent ici, s'asphyxient, meurent de crise cardiaque au-dessus des tours. Des femmes, au matin, en ramassent les plumes dont elles se font un chapeau exotique avant de se jeter elles-mêmes dans le vide.

C'est l'heure des cris venant de l'immense stade, soudain illuminé, et du peuple amoureux du fouet abrutissant. C'est l'heure où, ailleurs, l'essaim des mauvais rêves vient tordre sur leurs oreillers les premières personnes endormies. Hélas tout est abîme – action, désir, rêve – et sur le bras de Mishima, tenant le voilage, les poils se dressent de peur, sentent passer l'air sous la fenêtre. La porte de la chambre s'ouvre et Lucrèce demande : « Tu viens à table, Mishima ?

— Non, je n'ai pas faim... »

C'est long d'être un homme. C'est long de renoncer à tout.

— ... Je vais me coucher.

C'est que, demain, il faudra vivre encore.

28

Le lendemain matin, M. Tuvache n'a plus la force de se lever. Sa femme le rassure :

— Reste au lit. Avec les enfants, on va très bien se débrouiller. Le médecin que j'ai appelé dit que tu nous fais une belle dépression et qu'il faut que tu te reposes. Je me suis arrangée avec l'école d'Alan. Il manquera quelques jours. Ce n'est pas grave. Tu sais qu'il a plein d'idées, ce petit.

— Quelles idées ?

Mishima tente de mettre un pied au sol :

— Mouler les parpaings, tisser les cordes, aiguiser les lames...

Mais la tête lui tourne et son épouse ordonne :

— Veux-tu rester couché ! Et ne t'occupe plus de ça. On va savoir faire tourner la boutique sans toi.

Et elle s'en va, laissant la porte ouverte pour si son mari appelle. M. Tuvache entend en bas, dans le magasin, l'imagination qui dresse son orgie aux clartés du matin. Lucrèce et Marilyn remontent l'escalier :

— Tiens, ma grande, prends le panier et va ache-

ter trois gigots, des oranges et des bananes... et puis
du sucre ! Je vais préparer ça à la manière de l'autre
fois et aussi en suivant les conseils d'Alan. Si ce ne
sont pas des agneaux suicidés, c'est sans importance.
Cela ne change pas le goût. Ernest, voulez-vous bien
m'aider à débarrasser tout ça ? Alors, Vincent, les
premières sont bientôt prêtes ?

Mishima détecte dans l'air une drôle d'odeur :

— Qu'est-ce que vous faites ?

Sa femme arrive, avec une assiette, et répond dans
la chambre :

— Des crêpes.

— Des crêpes... de deuil ?

— Mais non, ah celui-là ! Des crêpes à manger
bien sûr. Regarde, Vincent avec la louche versant
dans la poêle les dessine en forme de tête de mort et
laisse des trous pour les globes oculaires, les cavités
nasales et les espaces entre les dents. Et puis, tu as
vu, ensuite il fait couler la pâte en travers tels deux
tibias qui se croisent comme sur les drapeaux de
pirates.

— Vous les servez saupoudrées de cyanure ?

— Hou, là, là ! Repose-toi, dit Lucrèce sortant de
la chambre.

Ils circulent tous, passent dans le couloir, comme
des papillons qui versent la folie à un bal tournoyant.
À l'heure du déjeuner, ce sont des cris de commande :
« Deux parts de gigot-Lucrèce ! Trois crêpes-Vincent !
Marilyn, tu veux bien aller serrer la main du monsieur là-bas ? Les crêpes : deux au chocolat et une au
sucre. »

— Lucrèce !

— Quoi encore ?

Mme Tuvache entre dans la chambre, s'essuyant les mains à un tablier. Son mari, crispé atrocement, lui demande :

— Qu'est-ce que ça devient ici ? Un restau ?

— Mais non, que t'es bête puisqu'on va aussi faire de la musique !

— De la musique ?! Quel genre de musique ?

— Alan a des copains qui jouent d'instruments anciens. Je crois qu'ils appellent ça des... guitares. Et puis, tu sais, il est formidable, ce petit. Il relève les victimes.

— Quelles victimes ?

— Les clients.

— Tu appelles nos clients, des victimes ? Mais, Lucrèce...

— Oh, ça va, je n'ai pas le temps de discuter.

Et elle sort à nouveau. Valse mélancolique et vertige, on dirait le regard de Mishima couvert d'une vapeur. Assis dans son lit, en veste de kimono avec une croix rouge sous le plexus solaire, sa rêveuse allure orientale... Et tout le chaos roulant dans cette intelligence aux humides brouillards qui nagent dans les yeux.

Alan passe devant la chambre, s'arrête :

— Ça boume, papa ?

Les grands yeux de cet enfant, guérisseur familier des angoisses humaines. Ses arcanes adorés où scintillent des trésors ignorés. Et ses jeux d'artifices,

éruptions de joie, qui font rire le ciel muet et ténébreux de la cité des Religions Oubliées.

Quelque chose s'échappe de la gorge de Mishima
comme un chant égaré. L'enfant s'en va.

M. Tuvache voudrait se lever mais il s'empêtre
dans les draps comme un poisson qui se débat dans
les mailles du filet. Il n'y arrive pas, abat ses bras sur
la couverture.

Il sent la métamorphose, la met entièrement sur le
dos d'Alan. Il sait que maintenant, au Magasin des
Suicides, tout est vaporisé par ce savant chimiste.

29.

— La porte !

Mishima au lit, qui a ordonné qu'on ferme la porte de la chambre, allume sa télé *3D-sensations intégrales* à l'heure des infos du soir. Il appuie sur un des nombreux boutons d'une télécommande.

Une présentatrice se matérialise dans la chambre. Tout d'abord translucide comme un voile, elle devient de plus en plus nette :

— Bonsoir. Voici les nouvelles !...

Elle n'annonce que des merdes ultra-pessimistes. Au moins une qui ne déçoit pas Mishima.

En volume, assise sur une chaise et les bras croisés, on croirait vraiment qu'elle est dans la chambre. En se penchant à droite ou à gauche, on peut la voir de profil. Mishima sent son parfum qu'il trouve trop capiteux. Il en diminue l'intensité grâce à sa télécommande.

La présentatrice croise ses jolies longues jambes. M. Tuvache n'aime pas tellement la couleur de sa jupe. Il en inverse les teintes en appuyant sur la zapette. Il tire un curseur pour approcher la chaise de lui. La présentatrice est maintenant, près des oreillers, comme assise au chevet d'un malade. Si M. Tuvache tend la main, il la touche, sent la matière de sa jupe qu'il peut remonter au-dessus de ses genoux à la peau si fine. Il pourrait aussi, pendant qu'elle parle, lui déboutonner son corsage s'il voulait mais il n'a pas la tête à ça. Il l'écoute.

Détendue, penchée et un coude sur une cuisse, elle lui chuchote l'actualité sur le ton d'une conversation intime. On n'en est plus au ton déclamatoire et solennel de la télé d'antan. La voix un peu brisée et grave – italienne – de la présentatrice est belle :

— La dictatrice de l'univers, Mme Indira Tu-Ka-Ta, a inauguré ce matin, en province sibérienne, un vaste complexe de huit cent mille cheminées hautes de six cents mètres chargées, on l'espère, de reconstituer la couche d'ozone autour de notre globe. Mais je n'y crois pas, précise la présentatrice.

Mishima partage son avis.

— ... Tous les experts pensent que cette décision aurait dû être prise dès le XXIe siècle, reprend-elle, que maintenant c'est beaucoup trop tard. La présidente, elle-même, en est convaincue...

— Bien sûr, dit Mishima.

— ... Elle l'a déclaré lors de son discours inaugural. Et maintenant, attention, sensations au milieu de ce vaste territoire parsemé de cheminées à ozone. Il y fait très froid. Couvrez-vous.

Le lit de Mishima est soudain en pleine Sibérie. Il sent le vent glacé, remonte les draps, renifle la tourbe humide et gelée. Et partout, de très hautes cheminées soufflent l'ozone au ciel. L'odeur de ce gaz pique un peu les yeux. M. Tuvache tend, hors du lit, une main vers le sol. Cela fait longtemps qu'il n'a pas ressenti le toucher de l'herbe qui, lorsqu'on l'étire, entaille un peu les doigts. Il regarde sa main ne portant aucune trace de blessure.

La Sibérie quitte brutalement la chambre. La présentatrice réapparaît sur sa chaise. Marilyn blonde, en robe espagnole ondulante, entre. Elle est encore plus belle que la femme de la télé. Son gardien de cimetière l'accompagne : « Bonsoir, beau-papa. » La fille Tuvache traverse la lumière de la présentatrice : « Ça sent la cocotte », s'assoit sur le lit de son père qui éteint la télé. Pop !

— Regarde, papa, le beau bouquet que m'a offert Ernest. Il a cueilli des fleurs sur les tombes en pensant à moi. C'est beau, hein, l'amour.

— La mort ?

— L'a-mour... Oh, dis donc, tu n'es pas guéri, toi ! Tu ferais mieux de nous rejoindre en bas dans le magasin. Tu verrais l'ambiance avec les guirlandes et les lampions, ça te remettrait d'aplomb. Tu veux que je t'apporte une crêpe ?

— Que si elle est fourrée aux amanites phalloïdes...

— Oh ! sacré papa. Tiens, je te laisse mon bouquet de fleurs de cimetière sur ta table de nuit. N'attends pas maman pour t'endormir car elle se couchera tard. Cette nuit, nous allons faire la bamboula au rayon frais.

— La bamboula ?

30.

Quelques soirs plus tard, Mishima, en chaussons fatigués et kimono à croix rouge pour s'éventrer faisant office de pyjama, a recouvré un peu de force et la volonté de se lever, de tenter quelques premiers pas las.

Mal rasé et la peau du visage toute fripée par les plis des draps, les yeux cernés, il se traîne dans le couloir comme saoulé, arrive près de la petite porte qui donne accès à la tour et en haut des marches qu'il faut descendre pour rejoindre le magasin. Et là sur le palier, se retenant à la rampe, il regarde en bas.

Ce qu'il voit !...

... Il ne parvient à y croire. Le magasin, le beau magasin de ses parents, grands-parents, etc., qui était sobre comme une morgue d'hôpital, propre, net, etc., ce qu'il est devenu !...

Sur un long calicot tendu d'un mur à l'autre au-dessus des gondoles est écrit un mot d'ordre : « Suicidez-vous de vieillesse ! » Mishima reconnaît l'écriture d'Alan.

En dessous, une foule joyeuse discute, rit à pas

d'heure, s'agglutine sur la pointe des pieds pour regarder au rayon frais trois jeunes gens chantant, jouant un air entraînant à la qui, gu... guitare.

Ça frappe des mains en rythme, commande des crêpes tête de mort à Vincent qui les confectionne à la chaîne sur une plaque électrique posée à même le comptoir. La fumée s'élevant de la poêle brouille, atténue, rend opaque la lumière des néons parmi des effluves de sucre en poudre qui se caramélise, de chocolat chaud qui parfois goutte, tombe, tache le carrelage. La louche à pâte s'élève, s'abaisse, trace des tibias croisés en travers de l'ustensile de cuisine et Lucrèce actionne le tiroir-caisse : « Une crêpe ? Trois euros-yens. Merci, monsieur. »

Marilyn, sur l'étagère des lames de rasoir qui ont dégagé, entasse des pommes (pas celles des kits Alan Turing) dans une centrifugeuse dont elle extrait le jus frais dans des verres : « Un euro-yen s'il vous plaît. »

Ernest fait une démonstration de seppuku mais la lame du tanto contre son ventre se tord, vrille en « huit », barre en boucle. Mishima se frotte les yeux, descend l'escalier. Le gardien de cimetière vend trois sabres à des clients hilares, les enroule et les range dans des sacs où est écrit : « Youpi ! » M. Tuvache doit baisser la tête pour passer sous des guirlandes, se cogne le crâne à des lampions aux couleurs festives. Il se dit que peut-être il rêve. Mais non, car sa femme l'appelle :

— Ah, chéri, te voilà enfin ! Eh bien tant mieux.

Tu vas pouvoir nous aider parce que, là, on est débordés. Tu veux une crêpe ?

Un véritable désespéré – un pas au courant des changements du magasin – entre et se dirige naturellement vers Mishima qui arbore la même tronche accablée que lui :

— Je voudrais un parpaing pour couler au fond du fleuve.

— Un parpaing... Ah ! tout de même. Ça fait du bien de revoir quelqu'un de normal. Les ont-ils déplacés ? Ah non, ils sont toujours là.

M. Tuvache prend son souffle et se penche pour en hisser un, à deux mains, mais il s'étonne de le soulever si facilement. Ce bloc de mortier lui paraît extraordinairement léger. Il pourrait le faire tournoyer en équilibre sur un doigt. Les quelques jours de repos n'ont pas pu lui donner autant de force. Il en scrute la texture qu'il gratte des ongles :

— De la mousse de polyéthylène...

Le client soupèse le parpaing à son tour.

— Mais ça flotte, ça ! Comment se noie-t-on avec ?

Mishima fait la moue et lève haut ses sourcils en hochant la tête :

— Je suppose qu'il ne faut pas s'y accrocher avec les mains... mais que si la chaîne est fixée à une cheville, on doit pouvoir se noyer sous ce parpaing en mousse de bouée de surface.

— Quel est l'intérêt de vendre ça ?

— Franchement... je ne sais pas. Vous voulez une crêpe ?

Le client décontenancé regarde la foule bigarrée et masquée qui souffle dans des langues de belle-mère et danse la danse des connards : *C'est la danse des connards, con, con, con !...*

— Tous ces gens-là ne regardent jamais les infos à la télé, ne se désespèrent jamais pour l'avenir de la Terre ?

— C'est ce que je me demandais..., répond Mishima à celui qui souhaitait passer sa nuit au fond du fleuve. Je vous y accompagnerais bien aussi.

Bouh !... Ils se tombent dans les bras et chialent chacun sur l'épaule de l'autre tandis qu'au rayon frais Alan, qui a tendu un drap, propose un spectacle de marionnettes où tout est merveilleux, beau, irréaliste, stupide forcément. Vincent a l'air bien dans cette ambiance de fête foraine et ses fumées. Le crâne bandé, il ne sourit pas bien sûr mais il a l'air mieux. Lucrèce, qui découvre son mari ruisselant de larmes, se précipite et s'en prend au client qui le tient dans ses bras :

— Mais fichez-lui la paix ! Qu'avez-vous raconté pour qu'il soit dans cet état-là ? Allez, oups, dehors !

— Je voulais seulement trouver quelque chose pour me tuer ce soir, se justifie l'autre.

— Vous n'avez pas vu la banderole au-dessus des gondoles ? Ici, on ne se suicide plus que de vieillesse ! Allez, foutez le camp.

Et elle raccompagne vers l'escalier, parmi la foule de joyeux, son mari chancelant qui demande :

— Elles sont en quoi les nouvelles lames de tanto ?

— Caoutchouc.

— Et pourquoi avoir changé la matière des parpaings ?

— Parce que quand les clients dansent, s'ils bousculent la gondole centrale, je n'ai pas envie qu'il leur en tombe un sur les pieds. T'imagines les dégâts ?! C'est comme pour les cordes, maintenant, on vend les mêmes que pour les sauts à l'élastique. C'est une idée de Vincent qui dit que quand les gens après avoir sauté du tabouret se seront cogné trois, quatre fois le crâne au plafond, ils n'auront plus envie de recommencer. Tu sais qu'on a changé de fournisseur ? C'est fini *M'en Fous La Mort*. Maintenant, on prend tout chez *Pouffe de Rire*. Et depuis, on a triplé le chiffre d'affaires.

Mishima en a les genoux qui se dérobent. Sa femme le rattrape par les aisselles :

— Allez, au lit, mon ténébreux !

31.

Plus tard, le magasin vidé de sa clientèle et dans le silence retrouvé de la nuit, Mme Tuvache est dans la chambre d'Alan. Assise sur une chaise, elle le regarde dormir. Mains croisées à plat sur le crâne et coudes au large des épaules, le dessin des bras de Lucrèce trace dans l'air les paupières d'un grand œil posé sur un buste. La pupille – tête de Mme Tuvache penchée sur une épaule – semble tournée et baissée vers ce visage mignard d'Alan comme tout encadré de gaze et dont chaque trait dit le bonheur de vivre.

Faudra-t-il un jour le mettre aux fers, le jeter à la mer, ce matelot inventeur d'Amériques ? Il rêve, son petit nez retroussé en l'air, à de brillants paradis. Il est une oasis dans un désert d'ennui. La nuque au creux d'un oreiller synthétique, il remue un peu les lèvres, pris dans l'une des histoires de ses songes. Paupières closes aux longs cils et douces comme la lune, tout en lui engendre une espérance tellement anachronique dans l'époque.

Ce petit qui fait rêver le jour les cervelles humaines a un air simple ainsi qu'une eau courante qui va répandant sur tout son insouciance heureuse. Il ressemble à ces beaux horizons qui vous entraînent en des lieux qui ne sont pas connus. Et ses pieds sous les draps de courir une course aventureuse. L'odeur de sa chambre... Il est des parfums frais comme des chairs d'enfants. Son sommeil est plein de miracles par un caprice singulier. Architecte de féeries, ô le cerveau enfantin !

Ce soir, la lune rêve avec plus de paresse. Mme Tuvache se lève, caresse les boucles blondes d'Alan qui ouvre les yeux et lui sourit. Puis il se retourne et s'endort à nouveau. La vie, à ses côtés, a l'air de se jouer au violon.

32

Lucrèce est maintenant au lit près de son mari. Allongée sur le dos et les bras le long du corps, un silence d'éternité plane au-dessus d'elle. Les formes s'effacent et ne sont plus qu'un rêve mais voilà que remonte le nuage affreux de son passé qui fait, au-dedans d'elle, lentement plier ses genoux.

Quand elle était petite fille – quatre ans, cinq ans – sa mère lui demandait de l'attendre après la classe, assise sur un banc du préau de l'école maternelle, et lui promettait que, si elle était très sage, elle ferait un tour de balançoire.

Sa mère était très souvent en retard, parfois ne venait pas, alors la directrice de l'école disait à l'enfant de rentrer toute seule chez elle. Le père, malgré ses promesses, ne venait jamais. Et souvent, le soir, la petite fille attendait sagement, tellement sagement, que sa mère vienne et le tour de balançoire.

En a-t-elle jamais fait des tours de balançoire ? Lucrèce ne s'en souvient pas, elle ne se rappelle que l'attente, la fantastique attente de sa mère qui la regarderait faire un tour de balançoire.

Ses petites mains potelées, aux extrémités des doigts relevés, posées à plat sur les cuisses et le buste dressé, pas du tout avachi, les yeux grands ouverts, elle regardait droit devant elle. Elle regardait tout droit devant elle mais ne voyait rien ! Elle n'était que sage, tellement sage comme une image que sa mère viendrait forcément, tellement elle était sage !

Elle s'interdisait tout mouvement, pas une parole, pas un souffle de soupir. Elle attendait si sagement que sa mère ne pourrait que venir. Si le bout de son nez la démangeait ou qu'une socquette avait glissé sur sa cheville, elle restait immobile. Maman viendrait. Elle dissolvait en elle-même, aspirait la démangeaison au bout du nez, la fraîcheur au mollet de la socquette glissée. Elle avait appris à intégrer ça. Elle savait se rassembler, apprenait à devenir zen. Quand plus tard elle verra des reportages sur les anciens bonzes, elle comprendra qu'à quatre ans déjà elle savait se placer dans le même état mental. Elle a gardé de sa petite enfance la faculté de cette absence, cette manière de soudain sembler regarder très loin devant elle. C'est un grand trou dans sa tête comme lorsqu'elle attendait sa mère sur un banc du préau de l'école. Elle s'y minéralisait, ne sentait plus rien de son corps, pourrait jurer qu'elle ne respirait plus. Lorsque la mère arrivait, sa fille n'était plus en vie.

Dehors, il pleut de l'acide sulfurique sur les vitres de la chambre.

33.

— Je le sais, je le sais très bien, je le sais parfaitement ! Qu'est-ce que vous croyez ? Tout a changé ici pendant ma dépression, je n'y reconnais plus rien. Une vache n'y retrouverait pas son veau !

Mishima vaguement remis, en gilet et chemise à carreaux, porte sur la tête un cône en carton blanc décoré de ronds multicolores. Un élastique tendu sous son menton retient ce chapeau qu'observe d'un air dubitatif l'homme très sérieux à qui il s'adresse et explique :

— Et pourtant j'avais des idées pour que cela continue comme avant. J'avais prévu d'organiser une croisière en avion autour du monde. Personne n'en serait revenu !... On aurait proposé une sélection des compagnies aériennes régionales les plus dangereuses de la terre et des pilotes les moins fiables. À *M'en Fous la Mort*, ils en avaient engagé une vingtaine – des alcooliques dépressifs sous calmants et toujours le nez dans la poudre même aux commandes. On mettait toutes les chances de notre côté. À chaque escale, les passagers suicidaires seraient montés à bord d'un nouvel appareil déglingué, se demandant s'il allait s'écraser contre une montagne, au fond d'un océan, dans un désert, sur une ville... Les gens n'auraient pas su en quel endroit du globe ils allaient mourir. Oui mais voilà, on a changé de fournisseur...

— Vous ne devriez pas vous en plaindre, commente l'interlocuteur de Mishima, car les affaires ont l'air de drôlement tourner ici..., poursuit-il en regardant autour de lui des quantités de clients qui pénètrent dans le Magasin des Suicides, la banane aux lèvres.

Ils embrassent affectueusement Lucrèce sur les joues : « Ah, comment allez-vous, madame Tuvache ? Ça fait du bien de revenir chez vous. » Celle-ci déguisée en fiole à poison, la tête dans une coiffe en forme de bouchon, leur propose les barquettes des spécialités culinaires de ce lundi – agneau suicidé, bœuf à l'étouffée, canard au sang... – qu'elle a notées sur l'ardoise où elle écrivait auparavant le nom du cocktail empoisonné du jour.

Elle a fait démonter et descendre à la cave la double gondole centrale pour installer à la place une longue table où les clients se réunissent afin d'envisager des solutions à l'avenir du monde. « Pour résoudre l'avancée du désert, suggère l'un, il faudrait pouvoir transformer le sable en une matière première utile aux populations comme les hommes l'ont déjà fait avec les forêts, le charbon, le pétrole, le gaz... » « Sans doute qu'en le compactant et le chauffant à des températures extrêmes, intervient un autre, on pourrait en faire des briques vitrifiées d'une dureté folle qui seraient indispensables aux constructions. » « Ah oui ! s'exclame une fille, et ainsi chaque immeuble, pont ou je ne sais quoi de bâti, serait une petite victoire sur les dunes. » « Les régions du monde qui souffrent le plus de cette calamité deviendraient les plus riches. Ce serait formidable. »

— Ze vais noter cette idée, s'enthousiasme Alan dans un costume d'Aladin en bout de table. Il y a touzours une solution à tout. Il ne faut zamais désespérer.

Entendre ceci dans sa boutique, ça lui fait quelque chose, à Mishima...

Ils sont de plus en plus nombreux à aimer venir se rencontrer, espérer, en ce Magasin des Suicides qu'ils appellent maintenant le MDS comme ils diraient la MJC. Mishima, sidéré, préfère camper sur ses anciennes positions face à l'homme strict devant lui :

— Je voulais installer une boîte à lettres où les clients auraient glissé une missive pour expliquer leur geste. C'était une bonne idée, non ? Les parents du suicidé, amis s'il y en a, auraient pu venir consulter le courrier du défunt qui leur était adressé. Je me dis que sans doute ensuite, dans la peine, en visitant les rayonnages ils auraient peut-être acheté quelque chose pour eux. J'avais prévu des semaines de promotion : la semaine du chanvre, etc. Pour la fête des amoureux, un tarif pour deux.

Marilyn, déguisée en sexy et amusante fée Cara-
bosse au rayon frais, ne touche plus les clients que
de sa baguette magique : « Hou, vous êtes mort ! »
Une petite lumière verte s'allume et grésille en jetant
des étincelles au bout de la baguette dès qu'il y a
contact. Et les prétendus suicidaires de se rouler
alors au sol en mimant d'affreuses convulsions au
grand désarroi de Mishima qui encaisse malgré tout
les douze euros-yens du *Death Ki*..., du n'importe
quoi même pas kiss !!

Le commerçant, sous son menton, tire l'élastique
qui lui pince la peau de la gorge :

— Ma fille est enceinte du gardien de cimetière.
Elle veut donner la vie. Vous vous rendez compte ?

L'homme répond :

— Vous-même, si vous avez eu trois enfants,
c'est que vous y teniez quand même à l'existence.

— Trois enfants... Le troisième..., relativise
Mishima. J'avais prévu de faire réaliser une idée
qu'avait eue mon aîné avant qu'il ne soit phagocyté
par le cadet. Cela aurait été une simple couronne
métallique qu'on aurait posée sur sa tête avec à l'arrière un petit bras articulé au bout duquel on aurait
fixé une loupe. Et ainsi les gens, l'été, auraient pu se
suicider par insolation. Il aurait suffi de s'asseoir en
un endroit sans ombre et de régler la loupe jusqu'à
trouver son point d'incandescence. Quand les cheveux auraient commencé à roussir, il aurait fallu rester immobile. La pointe concentrée du rayon aurait
attaqué le cuir chevelu puis la boîte crânienne. Lorsqu'on aurait ramassé les désespérés, du grand trou

noir de leur cerveau cramé, se seraient élevées des fumerolles... Mais ce n'est plus d'actualité, hélas. Regardez celui-là – mon grand – qui était tellement ma fierté, ce qu'il est devenu !... Ancien anorexique au vrai tempérament psychopathe de mass killer, il s'est découvert une nouvelle passion pour, vous savez quoi ? Les crêpes ! Franchement... Il en bouffe du matin au soir.

Vincent aux joues très arrondies et courte barbe rousse, yeux encore furieux sous le bandage du crâne, est costumé en personnage de la Mort dans sa combinaison moulante noire peinte d'os blancs. En touillant la pâte molle dans un grand saladier, il regarde son père qui vient taper de la paume sur son abdomen proéminent :

— Il prend du bide, le squelette, hein !

Puis Mishima se tourne à nouveau vers le visiteur et le prend à témoin :

— Vous voyez que je ne manquais pas d'idées. Ça m'en a même rendu patraque quelques jours – le temps nécessaire pour le reste de la famille d'accomplir leur forfaiture sous l'influence de l'autre ravi éternel, l'Optimiste, là... Et puis voilà le résultat. Regardez ça : nos nouveaux pistolets jetables tirent des balles à blanc, les bonbons de la mort ne niquent plus que les dents. Quant aux cordes pour se pendre, si je vous racontais... Les sabres à seppuku servent de tapettes à mouches.

— Oui mais alors, pour notre affaire ?... s'inquiète le visiteur aux allures de personnage officiel envoyé ici en mission spéciale. C'est qu'il s'agit du

suicide collectif de tous les membres du gouvernement régional ! On ne peut quand même pas leur
donner des tapettes à mouches.

— Qu'auriez-vous désiré ?

— Je ne sais pas, moi... Puisque vous en parliez
tout à l'heure, peut-être du *Marchand de sable* s'il
vous en reste en stock pour quarante personnes.

Mishima appelle sa femme déguisée en fiole à poison torsadée qui écoute, près de la table de réunion,
tous les « on pourrait », « on aurait qu'à », « on va
faire ceci, cela »...

— Lucrèce ! Il te reste dans l'arrière-cuisine de la
belladone, de la gelée assommante et du souffle du
désert ?

— Pour quoi faire ?

— Pour quoi faire..., soupire le commerçant face
à l'envoyé du gouvernement. Je vous assure, il y a
des fois, elle perd le bouchon celle-là...

Puis il élève à nouveau la voix vers son épouse.

— Le gouvernement, reconnaissant son incompé-
tence et sa culpabilité, a décidé de se suicider ce soir
en direct à la télé ! Tu pourras leur préparer ce qu'il
faut ?

— Je vais voir ce que j'ai ! Tu m'aideras, Alan ?

— Oui maman.

34.

— Qui a fait ça, qui ?! Qui a osé ? Quel est le fumier ?!!

Mishima sort de son appartement, les yeux tournoyants comme des soucoupes volantes. Il finit de serrer la ceinture (jaune) d'une veste de kimono portant une croix de soie rouge sur le plexus solaire.

Les bras et les jambes écartés, il tient maintenant au poing un tanto à la lame aiguisée et luisante (pas en caoutchouc) qu'il a décroché au-dessus du buffet de sa salle à manger.

Il avale cul sec un petit verre de saké. En haut des marches et charentaises fleuries aux pieds, il est très menaçant comme un samouraï qui va attaquer. On croirait qu'il parle japonais :

— Ki a fé sa ki ?!

Il demande qui a fait ça, qui ? mais descend d'instinct vers Alan agitant naïvement des marionnettes au rayon frais. Lucrèce, mains à plat sur la tête, les rabaisse vite et s'interpose devant son mari :

— Mais que se passe-t-il encore, chéri ?!

Elle semble regarder très loin devant elle tandis

que son époux tranche l'air à grands coups de lame,
tentant d'atteindre Alan qui s'enfuit en courant et
passant entre les jambes de son père pour grimper
l'escalier.

— Raah !...

M. Tuvache se retourne et le poursuit. En haut des
marches, Alan, plutôt que de se retrouver pris au
piège de sa chambre ou de n'importe quelle pièce de
l'appartement, préfère ouvrir la petite porte à gauche
– celle qui donne sur l'escalier à vis de la tour (clocher d'église, minaret de mosquée ou ?...) Son père
le pourchasse sur les marches glissantes en pierre
usée. La lame de son sabre, heurtant les murs, lance
des éclairs tandis qu'il hurle :

— Quel est le fumier qui a mis dans le cocktail
du gouvernement du gaz hilarant ?

La mère croyant que son mari va tuer son petit
revient de l'arrière-cuisine avec un bidon de belladone et se précipite également dans l'étroit escalier de la tour bientôt suivie par Marilyn qui crie
« Maman ! » et puis Vincent. Ernest – toujours un
peu perdu dans le nuage d'acide sulfurique –
demande : « Qu'est-ce qui se passe ? »

— Il se passe que, que !...

M. Tuvache, essoufflé aussi par la grimpée des
marches, s'en étrangle alors qu'il est rejoint sur la
plate-forme de l'étroite et vertigineuse tour par le
reste de sa famille. L'endroit dallé est circulaire et
recouvert d'un toit conique en ardoise dont on aper-
çoit la charpente en bois. Dans les murs, des ouvertures à ciel ouvert pareilles à des créneaux sans

doute pour que mieux se répandent le son des cloches d'antan ou la voix, le haut-parleur, de quelque muezzin disparu. Ici, mugit en continu un courant d'air. La robe évasée, blanche et plissée, de Marilyn s'envole alors qu'elle tend les bras et ses poignets entre ses cuisses pour la retenir. C'est la nuit ! Des néons rouges et verts distillant de gigantesques publicités chinoises illuminent la tour. Mme Tuvache monte le bidon en plastique blanc empli de belladone liquide à ses lèvres et menace son mari s'approchant d'Alan :

— Si tu le tues, je me tue !

— Moi aussi ! dit Marilyn, refermant sous son menton la sangle du casque, contenant deux bâtons de dynamite, que lui avait offert Vincent pour sa majorité. Elle serre dans ses mains les fils des détonateurs. L'aîné a plaqué le tranchant d'une épaisse lame de couteau de cuisine contre sa propre gorge : « Vas-y, papa... »

Mishima éructe :

— Ce n'est pas lui que je veux tuer, c'est moi !

Lucrèce, les lèvres contre le goulot, ne se démonte pas :

— Si tu te tues, je me tue !

— Mh auhi..., fait la voix étouffée de Marilyn dans le casque à la visière de métal blindé, ce qui signifie : « Moi aussi. »

— Vas-y papa, répète l'autre dingue de Vincent en bouffant une crêpe.

— Alors, ça ne finira jamais ?! intervient le doux Ernest soudain hors de lui. Marilyn, chérie, tu vas être maman ! Et puis vous, beau-papa, si vous faites ça, qui tiendra le magasin ?

— Il n'y a plus de Magasin des Suicides ! déclare Mishima.

Ça jette un froid.

— Comment ça ? demande Lucrèce, baissant soudain le bidon de belladone.

— Ils vont détruire la boutique ! Au mieux, demain matin, ils la ferment.

— Mh hi ? (Mais qui ?) veut savoir Marilyn.

— Ceux qu'on a ridiculisés ce soir...

Le vent souffle par rafales au sommet de la tour, siffle à l'arête des murs. Alan recule tandis que son père avance et raconte :

— Après que le chef du gouvernement, en direct au journal télévisé, eut fait son autocritique personnelle, il a débouché la fiole de *Marchand de sable* posée devant lui et l'a inhalée. Tous les ministres, secrétaires d'État de la région, ont fait de même. Aucun n'a touché le cocktail ni ne l'a avalé (c'était bien la peine, personne n'est mort). Mais ils sont tous partis d'un énorme éclat de rire, chacun évoquant à son tour une terreur d'enfance en pouffant de rigolade. « Moi, a dit la ministre des Finances, quand j'allais en vacances à la campagne chez ma grand-mère, celle-ci, chaque matin pour me réveiller, jetait des vipères vivantes dans mon lit. Bon, c'était en fait des couleuvres mortes, mais qu'est-ce que j'avais peur ! Quand je revenais à la cité des Religions Oubliées, je bégayais de terreur et faisais pipi dans ma culotte. Hou ! Ça recommence... » Et effec-

tivement, il y eut une odeur d'urine dans la chambre.
« Moi, est intervenu le ministre des Armées, on me
disait : ferme les yeux et ouvre la bouche. Je croyais
que c'était pour me donner des bonbons mais on me
faisait avaler des crottes de lapin ! Wouah !... » Et il
s'est mis à faire des roulades sur le plancher, des
bonds partout comme s'il était un petit lapin. « Je me
souviens qu'à onze ans, a dit le ministre de l'Environnement, on m'interdisait de cueillir les fleurs des
haies, affirmant que c'était des fleurs à tonnerre et
que si j'en ramassais une la foudre me tomberait
dessus. Bon, je vous parle de ça, c'était au temps où
il y avait encore des fleurs sur les talus ! Ha, ha, ha !
Maintenant, après mon passage au ministère, il n'y
a plus de risques que ça arrive, oh, oh, oh ! Il n'y a
plus de fleurs sauvages ! » Puis il s'est arraché par
poignées la chevelure en riant : « Je m'aime un peu,
à la folie, pas du tout ! » J'étais sidéré comme sans
doute tous les téléspectateurs et ai dû épousseter des
bouclettes du ministre tombées sur mes manches.
« Oh moi, une fois... a déclamé enfin le président qui
pleurait de rire, un oncle m'avait enfermé dans un
sac à patates posé sur le plateau d'une charrette et il
avait fouetté son cheval pour qu'il parte au galop.
Rebondissant dans les chaos de l'attelage, j'étais
tombé, m'étais retrouvé au bord du chemin, enfermé
dans un sac à patates ! Aaah ! On aurait dû m'y
laisser. Ouh !... Je n'aurais pas conduit ma région
au désastre. Oh ! Oh, oh, oh ! » Ce fut un journal
télévisé fou que le réalisateur a dû interrompre brutalement tellement les cadreurs du studio se bidon-

naient aussi. Les zigzags de leur caméra *3D-sensa-tions intégrales* hoquetaient dans tous les sens. On ne voyait, ne comprenait plus rien. Tout ça parce qu'un scélérat... a fait respirer aux membres du gouvernement du gaz hilarant ! Hein, Alan ?!... roule-t-il enfin des yeux dans lesquels passent des publicités chinoises.

L'enfant de onze ans se recule :

— Mais papa, ze ne savais pas ! Avec le masque à gaz de maman sur le visage, ze ne m'en suis pas aperçu. La bonbonne que ze croyais de souffle du désert, ze l'ai prise à sa place habituelle mais z'avais oublié qu'on avait changé de fournisseur... que, maintenant, c'est *Pouffe de Rire* qui nous livre...

Le père avance en tenant à bout de bras la poignée de son tanto, pointe de la lame piquée sur la croix de soie rouge de sa veste de kimono. Son crâne en nage luit de couleurs glissantes. Sa femme marche à ses côtés, prête à avaler un litre et demi de belladone. Marilyn, au grand casque noir englobant sa tête, ressemble à une mouche de cauchemar. En robe ultra-sexy d'actrice de cinéma elle avance à l'aveugle, serrant dans ses poings deux détonateurs. Quant à l'artiste Vincent, là, l'autre fakir illuminé à la con, dans une affreuse grimace et le rot d'une crêpe, il se régale à l'avance de la giclée de peinture rouge qui va jaillir du tube de sa gorge.

Alan recule de panique devant la vision hallucinante de toute sa famille dans la tempête qui va se bomber, cadavériser devant lui ! Une publicité pour des cachets effervescents remonte ses bulles de trois étages sur toute la hauteur de la tour Zeus. Alan refuse l'inéluctable, tend une main : « Non, non, ne faites pas ça... » Il recule et bascule.

Son dos est parti en arrière par une des ouvertures. Les jambes ont filé en l'air et sont tombées tout droit. Lucrèce, Mishima, Marilyn, Vincent et aussi Ernest, abandonnent tout sur les dalles – bidon de belladone, tanto, couteau – pour se précipiter et se pencher par-dessus l'ouverture. Marilyn, s'empêtrant dans les fils des détonateurs du casque intégral à la visière qui l'aveugle, demande : « Que s'est-il passé ? » Son gardien de cimetière retire la sangle et répond : « Alan est passé par la fenêtre. »

— Quoi ?!

Mais il n'est pas encore écrabouillé sur le boulevard Bérégovoy ! Il est là, à la distance d'un étage plus bas au bord d'un petit toit, suspendu par la main droite à une gouttière en zinc dont les rivets éclatent et sautent un à un. Son épaule gauche a morflé dans la chute et lui immobilise un bras. La gouttière se fend et penche, entraînant Alan. Elle va se casser complètement. C'est alors que descend, file vers l'enfant, un long ruban blanc. C'est Vincent qui se désenturbanne ! À toute vitesse et penché dans le vide, il déroule la très longue bande Velpeau de son crâne qui atteint bientôt la main droite d'Alan s'en saisissant juste quand la gouttière lâche et tombe pour aller rebondir, là-bas comme au fond des ténèbres, sur le trottoir. Les parents et la sœur estomaqués se tournent vers le grand frère qui retient toujours, bloqué dans ses poings crispés, le long

pansement au bout duquel pend Alan. « Vite, aidez-
moi. » Mishima, Lucrèce, Marilyn, Ernest, aident
Vincent et tractent ensemble et doucement le bandage pour éviter qu'il se déchire. Et Alan remonte,
petite secousse par petite secousse. À dix mains pré-
cautionneuses, ils le font revenir vers eux. Ils vont y
arriver. Au fur et à mesure que l'enfant léger s'élève,
ils font redescendre la bande Velpeau gagnée pour
en doubler, tripler, l'épaisseur et la sécurité.

— Quelle peur j'ai eue, avoue Lucrèce.

— Heureusement que tu étais là, mon grand, soupire Mishima.

— Je n'ai plus mal à la tête ! s'étonne Vincent.

— Notre garçon s'appellera Alan, décide Marilyn, les larmes aux yeux. Si c'est une fille, ce sera
Alanne.

Ernest acquiesce et le petit Tuvache monte,
monte. Il observe en l'air les têtes penchées vers lui
de son père, sa mère, sœur, frère et quasi beau-frère.
Mishima rit :

— De toute façon, on n'en aurait rien à foutre si
le gouvernement régional fermait par décret le
Magasin des Suicides ! Avec l'argent gagné ces derniers temps à vendre des farces et attrapes, on a de
quoi reprendre de l'autre côté du boulevard la
gérance du « François Vatel » qu'on rebaptiserait
« Ici, mieux qu'en face ». On en ferait...

— Une crêperie ? demande Vincent.

— Si tu veux ! se marre M. Tuvache que son
cadet, depuis la naissance, n'a jamais vu réjoui
comme il l'est là.

L'aîné rayonne aussi (c'est nouveau) en tractant le bandage :

— J'arrêterai les têtes de mort – c'est usant à la longue – pour faire des crêpes rondes comme la figure d'Alan avec deux trous pour ses yeux rieurs et une fente en grand sourire optimiste. Autour de la crêpe, avec la louche qui ruisselle, je tracerai des boucles à dorer et saupoudrerai les joues d'un peu de chocolat en poudre pour imiter ses taches de rousseur. Même les gens qui n'auraient pas d'appétit voudraient l'exposer sous verre au-dessus de leur lit pour croire à quelque chose de joli.

— *Oh, oh, ce serait le bonheur !...* fredonne Lucrèce que son petit dernier n'a jamais entendue chanter.

Et l'enfant, retenu par une main, monte. Il n'est plus qu'à trois mètres d'eux. Sur le dos de son pull clair et son pantalon glissent des reflets d'idéogrammes chinois. Alan, serrant le bandage, sans appel au secours ni haine ou effarement pour ce qu'ils ont été, les regarde en montant par secousses. Leur bonheur à tous, foi soudaine en l'avenir et ces sourires radieux à leurs faces, c'est l'œuvre de sa vie. À deux mètres de lui, sa sœur est hilare. Mme Tuvache le regarde s'approcher comme si elle voyait soudain sa mère arriver sous le préau de l'école. La mission d'Alan est accomplie. Il ouvre sa main !

Cet ouvrage reproduit par procédé photomécanique
a été imprimé en France par

à La Flèche (Sarthe)
en mai 2012

POCKET – 12, avenue d'Italie - 75627 Paris cedex 13

N° d'impression : 68809
Dépôt légal : mars 2008
Suite du premier tirage : mai 2012
S17927/16